Windrose

Windrose

Literatur und ihre Himmelsrichtungen

Herausgegeben von Lothar Müller
und Stefanie Stegmann

Reclam

RECLAM TASCHENBUCH Nr. 20759
2025 Philipp Reclam jun. Verlag GmbH,
Siemensstraße 32, 71254 Ditzingen
info@reclam.de
Umschlaggestaltung: Philipp Reclam jun. Verlag GmbH
Druck und Bindung: GGP Media GmbH,
Karl-Marx-Straße 24, 07381 Pößneck
Printed in Germany 2025
RECLAM ist eine eingetragene Marke
der Philipp Reclam jun. GmbH & Co. KG, Stuttgart
ISBN 978-3-15-020759-8
reclam.de

FSC www.fsc.org
MIX
Papier | Fördert gute Waldnutzung
FSC® C014496

Inhalt

Vorwort

Lange schon ist die Windrose mit den Himmelsrichtungen verknüpft. Ein Globus und eine Europakarte sind auf dem Titelkupfer eines Wörterbuches aus dem Jahr 1711 zu sehen, das sie als »mit 24–32 Strichen nach den Windrichtungen versehene, rosenförmig angeordnete Scheibe eines Compasses« verzeichnet. Das mehrsprachige Wörterbuch war ein ideales Arbeitsinstrument für Übersetzer.

Während der Veranstaltungsreihe im Literaturhaus Stuttgart, aus der die in diesem Buch versammelten Texte hervorgegangen sind, herrschte Krieg in Europa. Die Reihe begann ein Jahr nach dem 24. Februar 2022, an dem Russland seine Invasion in die Ukraine auf deren gesamtes Territorium ausdehnte, und endete zwei Monate nach dem Massaker der Hamas in Israel. Die Himmelsrichtungen bleiben seit je von Kriegen und Krisen nicht unberührt. In die »mental maps«, die inneren Vorstellungen der geographischen Räume, gehen Territorialverschiebungen und Grenzrevisionen ein, die politischen Landkarten überlagern die physischen. »Der Westen« ist weniger Himmelsrichtung als Selbst- und Fremddeutungskategorie, nicht anders »der Osten« oder »der globale Süden«. Nicht nur in der politischen Topographie – ob »Naher Osten« oder »Middle East« – lässt sich an den Begriffen der perspektivische Fixpunkt ablesen, von dem aus sie gebildet wurden. Auch in der alltäglichen Weltwahrnehmung ist entscheidend, wo jemand auf den Kompass blickt und die Windrose auffächert, in der Fernsicht wie im Nahbereich.

Auch wo sie nicht unmittelbar von den Strichen auf der Windrose spricht, unterhält die Literatur ein enges Verhältnis zu den Himmelsrichtungen. Oft hat sie mehr als einen perspektivischen Fixpunkt. Wie blickt Maria Stepanova, die aus Russland ins Exil nach Berlin gegangen ist, nach Osten? Wie zeichnet Senthuran Varatharajah, der als Kind von Sri Lanka nach Deutschland kam, sein Leben in die globale Windrose ein? Wie sieht der innere Globus aus, in den die deutsche Reporterin Gabriele Riedle ihre Reisen durch mehrere Kontinente einträgt? Was bedeutet ein Wort wie »Süden« für Aris Fioretos, den Sohn einer österreichischen Mutter, der in Schweden lebt und ein Buch über seinen griechischen Vater geschrieben hat? Was sieht der Österreicher Fiston Mwanza Mujila, wenn er auf die Friedhöfe im Kongo schaut? Wie klingt ein Wort wie »Osten« in den Ohren von Cécile Wajsbrot, die in Paris lebt, auf Französisch schreibt und polnische Vorfahren hat, wie für Michail Schischkin, der in Moskau geboren wurde und seit Jahrzehnten in der Schweiz lebt?

Die Windrose ist kein starres Gerüst. Wer mit der polnischen Autorin Joanna Bator spricht, erfährt, dass die Ostsee im Norden liegen kann. Auf Francesca Melandris Landkarte ist Italien ein Konzentrationspunkt der globalen Nord-Süd-Spannung. Wer Alain Mabanckou zuhört, der die französische und kongolesische Staatsangehörigkeit besitzt und in den USA lebt, lernt die Hellhörigkeit und das Sprachbewusstsein kennen, die aus der Erfahrung kolonialer Zuschreibungen hervorgehen. Der österreichische Autor Amir Gudarzi, der in Teheran geboren wurde, kennt die innergesellschaftlichen Grenzen, die gegen Migranten gezogen werden. Herkünfte müssen keine Festlegungen sein. Anna Kim, die Südkorea als zweijähriges Kind verlassen und in Wien die Endphase des Kalten Kriegs erlebt hat, lässt sich nicht auf die Ost-West-Perspektive mit Blick auf den »Fernen Osten« festlegen, sondern entdeckt in ihrem Schreiben den europäischen Norden.

Dieses Buch erscheint in einer Zeit, in der die Himmelsrichtungen und Kompassnadeln in geopolitische Diskurse eingefügt werden, und bringt ihnen gegenüber den individuellen Blick zur Geltung, die von Migration und Exil verstärkte Vielstimmigkeit der Literatur. Die internationalen Autorinnen und Autoren, die hier zu Wort kommen, sind der Einladung gefolgt, Texte für eine Begegnung mit einem Gegenüber aus einer anderen Weltgegend auf der Bühne des Literaturhauses in Stuttgart zu verfassen. Alle Texte waren Gesprächsgrundlagen, alle wurden auszugsweise auch in der Originalsprache gelesen. Auch ein Gedicht kann Gesprächsgrundlage sein, wie bei NoViolet Bulawayo, die aus Simbabwe stammt, in den USA lebt und aus Berlin anreiste.

Lothar Müller und Stefanie Stegmann

Vor einigen Jahren blieb ich, wenn ich extrem übermüdet war und mich weder aufraffen konnte, schlafen zu gehen, noch etwas Sinnvolles zu tun, oft lange auf Websites hängen, die mit Antiquitäten handelten – nicht mit Louis-XV-Sesseln oder Renaissance-Anrichten, sondern mit allerlei Krimskrams aus den letzten zwei Jahrhunderten. Es ist verblüffend, was für Dinge bis in unsere Zeit überlebt haben, selbst dort, wo scheinbar alles bis auf den Grund niedergebrannt wurde – aber voilà, hier gibt es noch einen Satz Bettwäsche mit gesticktem Monogramm (fast ohne Flecken) und ein paar Streichholzschachteln mit Radfahrern auf gelbem Grund und Karussellpferde und lustige Bildchen von Ferkeln und Lämmern. Gott weiß, wozu ich mir das alles ansah und manchmal heute noch ansehe: Nach einiger Zeit hatte ich regelmäßig das Bedürfnis, mir den Blick mit Seife zu waschen, wie man sich die Hände wäscht, wenn sie sehr staubig sind. Dazu kam, dass auf diesen Seiten manchmal wirklich furchterregende Dinge auftauchten: Ein Wandschirm zum Beispiel, den irgendwer am Beginn des 20. Jahrhunderts über und über mit Zeitungsfotos beklebt hatte, Ausschnitten aus Illustrierten, auf denen die damaligen Politiker und gekrönten Häupter zu sehen waren. Sie schauten alle sehr würdevoll drein, aber unter der unbestritten virtuosen Hand des Meisters bekam das Ganze etwas Unheimliches – Koteletten, Schnurrbärte und Korsagen lagen so eng nebeneinander, dass man eine glänzende Stirn kaum von einem weiblichen Dekolleté unterscheiden konnte; Männer in gestärkten Hemden riefen irgendetwas, jemand stürzte seinem eigenen Wanderstab hinterher in einen Abgrund, Offiziere beratschlagten, Soldaten zielten, Pferde galoppierten, Terroristen und lichtscheue Elemente schlichen sich überall ein, während stattliche Herren die Gläser hoben, und in der Ferne rauchte bedrohlich der Vesuv. Jedes dieser Bilder hätte einzeln eine nähere Untersuchung verdient gehabt, aber hier, wo sie rettungslos miteinander verklebt waren, wurden sie zu einer Art Prophezeiung, die man erst nachträglich wahrnimmt, wenn die Katastrophe schon eingetreten ist. Die bunte Pampe, die die Flügel des Wandschirms bedeckte, nahm einem die Luft.

In einer dieser Nächte stieß ich bei Ebay auf eine Fotografie, die ich lange betrachtete. Mir war nicht sehr klar, was sie von all den anderen Fotos unterschied, von denen es dort so viele gab: Es war ein Bild aus der Zwischenkriegszeit, das ließ die Kleidung der abgebildeten Frau erkennen, in doppeltem Schwarz-Weiß, denn auf dem Bild herrschte früher Winter, und ein kleiner Junge hielt einen Schlitten am Seil.

Nichts ist einfacher, als ein altes Foto zu kaufen, zumal, wenn man schon seit Tagen darum kreist und nicht darauf kommt, was an diesen Gesichtern den Wunsch hervorruft, sie wieder und wieder zu betrachten. Man kann sich sogar einbilden, man würde die Menschen darauf mit seinem Kauf irgendwie retten: Wer außer mir braucht sie schon, wer sonst würde sie unter Hunderten anderer Bilder auswählen – ohnehin ist ein anonymes Foto, das im Internet zum Verkauf steht, ja ein sicheres Zeichen dafür, dass hier etwas abgebrochen ist, dass es niemanden mehr gibt, dem sie in Erinnerung sein und am Herzen liegen könnten.

Andererseits gibt man dem Foto mit dieser simplen Geste ein so unbedachtes wie vermessenes Versprechen: Zwischen uns ist etwas vorgefallen, und es besteht Anlass, auf mehr zu hoffen. Im Grunde weiß man auch selbst – die Sache muss zu etwas führen, ich muss etwas *tun*. Mit dem, was man immer schon hatte, lässt sich leicht unverantwortlich umgehen: mit den Porträts der zur Hälfte unbekannten Verwandtschaft zum Beispiel, die man einfach aufbewahren kann, in der Hoffnung, sie irgendwann an einen Nachkommen weiterzugeben. Hier aber entspinnt sich aus dem Faden der unerklärlichen Anziehung ein Verhältnis zwischen mir und diesen Fremden, ein Verhältnis, das sein eigenes Leben, seine eigenen Forderungen hat: Es zieht und zerrt an dem Faden und verlangt eine Geschichte.

Einige Tage später kommt das Pappcouvert mit den deutschen Poststempeln an. Es ist größer als erwartet. Die Fotografie wird ausgewickelt, sie ist kleiner als erwartet, kaum eine halbe Handfläche groß, der untere Rand ist eingerissen und mit altem Tesafilm geklebt. Sehr dünnes Papier, und auf der Rückseite weder ein Kommentar noch ein Stempel. Eine junge Frau und ein etwa fünfjähriger Junge stehen im Schnee, ohne sich zu berühren, vor unscharfem Hintergrund, hinter ihnen erkennt man mit Mühe einige Bäume und verschwommene Gebäude. Um den Schnee liegt der Rahmen einer niedrig gestutzten Hecke – ein Park vielleicht, oder ein großer städtischer Innenhof. Der Holzschlitten hat breite Holme und vertrauenerweckende gebogene Kufen. Die Frau und der Junge sind sorgfältig und warm angezogen, der Junge trägt eine Winterjacke mit Sealkragen und eine Wollmütze, die Mutter ein Hütchen mit Schleier, hochhackige Pelzstiefeletten und einen Persianermantel – sogar auf dem kleinen, dunklen Abzug sieht man, wie gut er geschnitten ist. Es ist vollkommen unklar, was ausgerechnet ich diesen Leuten schuldig bin und wieso.

Sie ist sehr jung und sehr hübsch, vielleicht liegt es daran. Ihr zartes, schmales Gesicht ruft nach einem Vergleich mit fließendem Wasser, mit einer durchscheinenden Traube, mit einem chinesischen Lampion in der Abenddämmerung auf der Datscha, mit Alpenveilchen im Schnee, mit einer Teetasse, mit Papier, mit einem Hermelin. Sie wirkt leicht geniert, hat die Schultern etwas hochgezogen und die Lippen leicht geöffnet; die scharfen kleinen Pupillen sind auf den Betrachter gerichtet, das Weiß ihrer Augen leuchtet ihm im Dunkeln entgegen. Der Junge schaut einfach geradeaus, mit dem direkten, vertrauensvollen Blick derer, denen Liebe in die Wiege gelegt und kein Zweifel daran eingeflößt wurde. Mir war immer schon unbehaglich bei diesem Auge-in-Auge mit den toten Menschen auf alten Fotos, bei dem zweischneidigen Betrug dieses Scheinkontakts: Im Schnapsglas eines Objektivs konzentriert, macht dieser Blick einmal mehr klar, dass kein Verlust dieser Welt sich je ersetzen lässt. Wer immer das Foto gemacht hat, was immer ihn mit den Porträtierten verband, er steht nicht mehr an seinem Platz, und ich habe erst recht nie dort gestanden. Um wie viel lieber sehe ich die fremden Rücken und Halbprofile derer, die sich nicht auf Zuruf der Kamera zugewandt, sondern ungerührt weiter getan haben, womit sie gerade beschäftigt waren, ein Steinchen aus ihrem Schuh gefischt oder die Hand nach dem Brotkorb ausgestreckt.

Diese beiden aber stehen, wo man sie hingestellt hat – dem Schnitt ihrer Kleider nach zu schließen sind es die frühen Dreißigerjahre –, im vollen Vertrauen auf den guten Willen dessen, der sie mit seiner Amateurkamera aufnimmt, und lassen gutmütig zu, dass man sie genau so in Erinnerung behält. Die Oberfläche des Abzugs mit seinem Dunkel und seinem Weiß bekommt dadurch etwas Bewegliches, Atmendes, als wäre alles noch offen. Die Anonymität der Szene macht aus der Frau und dem Jungen eine Art Rorschachtest, eine zweiflüglige Leinwand für fremde Phantasien und Projektionen.

Abends am Tisch zeige ich das Foto meinen Lieben. Mein Mann sieht hinter den Schultern der Mutter eine Kolonnade oder Rotunde, die Konturen eines Parks oder einer privaten Villa irgendwo in Mitteleuropa. Die Frau sieht jüdisch aus, sagt er, und der Junge auch, ja, wahrscheinlich sind sie Juden. Wie kommst du darauf, frage ich. Die Gesichter, sagt er, und der Schnee, ich weiß auch nicht. Wieso sollen sie ausgerechnet Juden sein, sagt meine Freundin, vielleicht auch nicht? Ich tippe auf die Zwanzigerjahre, eine Großstadt, Berlin wahrscheinlich, oder vielleicht Prag, es sind hohe Häuser, und siehst du hier, die Treppe? Die Frau ist unverkennbar sehr klein, das sieht man an der Figur. Die beiden sind gut angezogen, das sind keine einfachen Leute, aber irgendwas stimmt nicht mit ihnen. Vielleicht sind es Emigranten, Displaced Persons, Russen zum Beispiel, oder Juden. Wieso, fragt meine Freundin wieder. Weil sie nicht sehr stabil dasteht, und ihr Lächeln ist unsicher, als wäre sie nur zu Besuch.

Das aus Deutschland zugesandte herrenlose Foto lässt mich nur das Schlimmste vermuten, als würde die Katastrophe der Dreißiger- und Vierzigerjahre gar keinen anderen Ausgang zulassen als einen tragischen. Unsere Imagination arbeitet mit zwei, drei selbsterklärenden Szenarien: Wäre die junge Frau groß und blond, würden wir darüber diskutieren, ob sie fünf Jahre später wohl auf der Seite der Nazis stehen wird, wir würden von der Bombardierung Hamburgs und von Flüchtlingen aus Schlesien sprechen. Einen Tod im Kindbett 1932, einen Tod im Altersheim

2008, eine Lawine im Skiurlaub, einen Selbstmord in einer Kölner Wohnung, all diese Varianten ziehen wir für die Frau auf dem Bild nicht in Betracht. Dass auch ich sie für eine Jüdin halte, bedeutet nichts weiter als das: Ich versuche, ihr Schicksal mit dem Werkzeug aufzubrechen, das ich gerade zur Hand habe, wie eine Kiste unbekannten Inhalts. Um zu verstehen, warum ich nicht aufhören kann, dieses Foto zu betrachten, muss ich eine Geschichte darin erkennen: Dann schlägt das Gefühl eine vertraute Richtung ein, und mir wird klar, was ich daran gefunden habe. Das Instrumentarium der Vorstellungskraft funktioniert nur dort, wo ich mich auch ohne sie nur allzu gut zurechtfinde. Die Kiste gibt nicht nach, ihre stabilen Bretter knarren. Die junge Frau ist niemand, namenlos, sie ist nicht da, sie ist Erde und Holz, Silber und Licht, flüssiges Fotopapier.

Übersetzt von Olga Radetzkaja

SENTHURAN VARATHARAJAH

In den kleinen Spalt zwischen meine gefalteten Finger

Ich spreche aus einer Kreuzung. Das ist der Fall. Und so, als ein Fall, als das Fallenlassen, als das Fallende und als das Fallenlassende ist Sprache, ist diese Sprache zu mir gekommen.

*

Ich gehe von zwei Linien aus. Ich bin dreisprachig aufgewachsen: Tamil und Englisch – Sri Lanka, das Land, in dem ich geboren wurde, war 133 Jahre britische Kronkolonie – sprach ich mit meinen Eltern, Deutsch lernte ich später: nach unserer Flucht vor dem Krieg und dem Völkermord, durch die Bibel. Ein Bruder aus unserer Gemeinde hatte mir vor meiner Einschulung Lesen und Schreiben beigebracht. Ich erinnere mich: wie wir am Esstisch saßen, den mein Vater, wie die anderen Möbel auch, die in unserem Wohnzimmer standen, im Sperrmüll gefunden hatte, im letzten Asylbewerberheim, in dem wir wohnten, und mit meinem rechten Zeigefinger zeichnete ich zwei Sätze nach, die ich las, von links nach rechts, zum ersten Mal; einen Vers, bis meine Augen zu diesem Finger geworden sind; 1. Korinther 13,12. Ich erinnere mich an das Zögern meiner Stimme; ich erinnere mich an das Zittern meiner leeren Hand: *denn wir sehen jetzt mittels eines Spiegels, undeutlich, dann aber von Angesicht zu Angesicht. Jetzt erkenne ich stückweise, dann aber werde ich erkennen, wie auch ich erkannt worden bin.* Ich gehe von zwei Linien aus.

*

Diese Sprache habe ich anders erfahren; anders als der Verlauf dieser Zeilen es vermuten lässt. Sie kam aus einer anderen Richtung. Tamil und Englisch lernte ich als Sprachen der Kommunikation; sie kamen aus einem Körper, der physisch hier war, im selben Raum wie ich. Die Linie dieser Sprachen verlief horizontal: von Mund zu Ohr, von Ohr zu Mund; *von Angesicht zu Angesicht.* Sie wurde durchkreuzt, von einer Sprache, die von woanders kam: von oben; von Gott zu mir. In dieser Sprache habe ich anders gesprochen. In dieser Sprache wurde ich anders angesprochen. In dieser Sprache glaubte ich, zu erkennen, so, wie auch ich in ihr erkannt worden bin. Deutsch war die Sprache Gottes, weil ich in dieser Sprache Gottes Wort erfahren habe; weil Gott sich mir in dieser Sprache zeigte. Weil Gott sich nur in ihr mir zu erkennen gab. Deutsch war die Sprache, die in unserer Gemeinde gesprochen wurde; Deutsch war die Sprache, in der ich glaubte, gemeint worden zu sein, von jemandem, der physisch und metaphysisch hier war – in diesem und in jedem anderen Raum, in jeder Form der Zeit auch. Das war der Fall. Ein Sturz von oben. Vom Himmel – in die tiefste Erde, zu mir.

*

Washington, D. C., November 2017. National Gallery of Art. Ich stehe in einem Raum, in dem kein anderer steht. Ich sehe 15 Bilder, die an drei Wänden hängen; ich sehe 15 Bilder, 15-mal dieselben Maße, auf denen, je nach Hintergrund, vertikale Linien zu sehen sind, schwarz, beige, weiß, und eine in Rot. Sie verlaufen von oben nach unten, oder: von unten nach oben. Barnett Newman hatte acht Jahre, von 1958, nach einem Herzinfarkt, bis 1966, an diesem Zyklus, von dem er noch nicht wusste, dass es ein Zyklus von 14 Bildern und einer Koda werden würde, gearbeitet. Ihr Name: *The Stations of the Cross – Lema Sabachthani.* Dieses Arrangement vertikaler Linien, die an ihren Rändern manchmal verlaufen, ausfransen – Newman spricht von *bleedings*, von *Ausblutungen*, vom *Ausbluten* –, ist, in unverbindlicher Anlehnung an die 14 Stationen der katholischen Institution des Kreuzweges, der Via Dolorosa, in 14 Bilder unterteilt, die jeweils *First Station*, *Second Station*, *Third Station* bis *Fourteenth Station* heißen. Anders, als der Name dieses Zyklus' es vermuten lässt, anders, als die Organisation und Komposition der Bilder es nahelegen, stellt *The Stations of the Cross – Lema Sabachthani* nicht die Passion Christi als Serie einzelner, dramaturgisch aufeinanderfolgender Ereignisse dar, sondern erzählt, stattdessen, nur von einem Augenblick, von einem Satz; von dieser einen Frage, die der aramäische Untertitel diskret stellt; eine Frage, die, wie Newman sagt, *keine Antwort kennt*, also keine Frage im strengen, sondern im strengsten Sinn ist. Diese 15 Bilder erzählen von der wesentlichsten Einsamkeit: von den letzten Worten Christi am Kreuz. *Eli, Eli, lema sabachthani?*

*

Das erste Wort, das ich schreiben konnte, war nicht mein Name, sondern der Name Gottes. Das J fing oben an und endete unten. Es entsprach den Maßen des Papiers. Das zweite Wort, das ich schreiben konnte, war nicht mein Name, sondern der Name seines Sohnes. Und noch immer sehe ich sie, in diesem Buchstaben, gleichzeitig: den Namen des Vaters und den Namen des Sohnes; den Körper des Vaters und den Körper des Sohnes – ich sehe Jehovas Arm, der vom Himmel aus auf die Erde greift und der sich nimmt, was ihm gehört, und auch den Pfahl sehe ich in ihm, tief im Boden befestigt, den Leib Christi, das Blut, die Richtung des Bluts; diesen Bund. Von dieser Sprache bin ich ausgegangen, d. h.: Ich kann nicht sagen, wie ich zu dieser Sprache kam, wie sie zu mir gekommen ist. Und vielleicht ist das eine Ungewissheit, in der man steht, wenn die erste Schrift, die gelesen, die immer wieder gelesen wurde – ich saß über sie gebeugt, mit Bleistift und Textmarker, bis ich Verse zitieren konnte, *dann band er seinen Sohn Isaak und legte ihn auf den Altar oben auf das Holz,* ich saß über sie gebeugt, bis sich Verse in mich eingeschrieben haben, und Pilatus antwortete: *was ich geschrieben habe, habe ich geschrieben* –, vielleicht ist das die Ungewissheit, in der man steht, und in der man sich nicht wiederfindet, wenn die erste Schrift, die gelesen, die immer wieder gelesen wurde, heilig war, geschrieben in einer Sprache, die den Eindruck erweckte, selbst heilig zu sein: weil in ihr, nur in ihr Gottes Wort mich angesprochen hatte; weil in ihr, nur in ihr Gottes Wort mich finden konnte, als eine geduldigere Stimme, als eine Schrift vor und nach jedem Buchstaben; vor und nach jedem Wort. Das ist der Fall – ein Sturz durch alle Spiegel.

*

Die vertikale Linie: Christus am Kreuz. Eine Stimme, die von unten nach oben verläuft, wie im Gebet. Diese Linie, die Newman nicht nur in diesem Zyklus malte, die, vielmehr, zu seiner Handschrift wurde, versteht er als beides: als Element der Verbindung und als Element der Trennung: *I hope that my painting has the impact of giving someone as it did me, the feeling of his own totality, of his own separateness, of his own individuality, and, at the same time, his connection to others, who are also separate.* *Separateness*: Getrenntsein; Einsamkeit. Das ist der Fall: ein Kasus. Die Linien trennen das Bild und halten das Bild zusammen. Die Linien schneiden sich: die vertikale und die horizontale, der Himmel mit der Erde, die Ewigkeit mit der Diesseitigkeit, das Wort und das Fleisch, und hier, hier in dieser Mitte, in dieser Kreuzung steht Christus als die Verbindung des Höchsten mit dem Niedrigsten, Gottes Sohn als Mensch, wie ein Gebet. Christi Ankunft: von oben nach unten. Sein Abschied: von unten nach oben. Ein Einbruch. Ein Aufbruch, von dem die Heilige Schrift erzählt: von links nach rechts, wie ein Gedicht. Ich fliege zurück nach Los Angeles, wo ich damals für eine kurze Zeit lebte, und lasse mir in West Hollywood zwei vertikale Linien tätowieren: oben, auf beiden Unterarmen eine.

*

Ich war immer ein ängstlicher Leser, langsam und zögernd, mit unsicheren Augen und vorsichtigeren Fingern, mit verschwitzten Handflächen und einem gebrochenen Knie. Ich bin in einer religiösen Familie aufgewachsen, in der der Tod, dem wir entkamen, hier ist, in allen sechs deutschen Zeitformen, weil immer jemand anderes an unserer Stelle starb. Das System der Symbole ist eins geworden: Der Hinduismus meiner Mutter und das Christentum meines Vaters formten die Ordnung meiner Imagination; beide Systeme bestimmen die Breite, Tiefe und Höhe und die Bilder meiner Vorstellungskraft.

Als Kind wusste ich nicht, dass die Bibel eine Übersetzung war; als Kind glaubte ich, die deutsche Sprache sei die Sprache Abrahams, die Christi, die Sprache Gottes selbst; als Kind glaubte ich, es gebe nur zwei Richtungen: in den Himmel und zurück. Immer haben wir gewartet: Wir haben gewartet; so, als wüssten wir, dass es nichts gibt, worauf wir warten könnten, und darum warten wir, auf Schwerkraft und Gnade. Wir warteten auf unseren Knien. Wir beten auf unseren Knien. Wir sprechen auf unseren Knien; als wäre nichts geschehen. Wir haben gewartet: auf Abschiebung. Auf das Ende der Asylbewerberheime. Auf Duldung. Wir haben gewartet: auf Briefe aus Jaffna. Auf einen anderen Winter. Auf das Ende des Bürgerkriegs. Wir haben gewartet: auf einen Anruf von Amamma. Auf die Ankunft des Messias. Auf Staatsbürgerschaft. Als Kind wusste ich: Ich muss jedes Wort, jeden Winkel, jede wirkliche und mögliche, die äußerste Bedeutung der Wörter verstehen, bis Gottes Wort Fleisch werden und mein Fleisch zu seinen Wörtern werden konnte. Ich weiß, wie Sätze meinen Körper kreuzen können; wie ein Wort mich durchstreichen kann. Wir hießen *Dahergeschleifte, Asylantenschweine, Affen,* jedes N-Wort. Die Innenseiten meiner Hände waren ein Kompass. Die Himmelsrichtungen: waren Richtungen des Himmels. Ich gehe von zwei Linien aus.

*

Diese Richtung gibt die Idee des Schreibens für mich vor. Die vertikale Linie entspricht der Idee meiner Sprache: wenn ich sie in die horizontale verlege. Im Gebet habe ich das erfahren: Ich habe zu jemandem gesprochen, in meiner

Sprachlosigkeit, in meiner Trauer, in meiner Einsamkeit, bis ich genau erkannt worden bin, auch wenn ich nicht einmal teilweise erkenne. Im Gebet habe ich das erfahren: dass jemand zu mir sprach, wie ich noch nicht zuvor angesprochen wurde, in einer Sprache, die die Sprache wendete, bis ich in ihr genau erkannt worden bin; auch wenn ich nicht einmal teilweise erkenne. Diese Sprache sprach anders zu mir, so, wie ich sie noch nicht gehört, gelesen, geschrieben, gesprochen habe – wie zum ersten und zum letzten Mal. Schreiben heißt Glauben: dass das, was wir schreiben, dass die Wörter, die sich von unserem Mund und unseren Händen verabschieden, die von unserem Mund und unseren Händen aufbrechen, ankommen werden, in einem Körper, der nicht hier, der keinen Raum mit uns teilt, einbrechen könnten. Wenn wir davon, von diesem Glauben, nicht ausgehen würden, würden wir nicht schreiben. Wir sind das Gebrochene: das Zerbrochene, diese Zerbrechlichkeit. Ich gehe von zwei Linien aus.

*

Als ich ein Kind war, lag ich jede Nacht mit dem Diercke-Weltatlas meines älteren Bruders auf meinem Schoß im Bett und träumte mit meinem Zeigefinger. Jeden Tag: wartete ich darauf, dass auch für uns ein Meer gespalten wird, damit meine Eltern zurückkehren können, in das Land ihrer, nicht meiner Kindheit. Ihr gelobtes Land: war nicht meins. Meine Eltern schauen in eine Richtung: in den Südosten; in die Vergangenheit, die wie jede Vergangenheit auch verloren ist. Und ich: sehe in den kleinen Spalt zwischen meine gefalteten Finger; hier, wo sich die Sprachen kreuzen.

CÉCILE WAJSBROT

Bei mir …

Ich weiß nicht, wann man lernt, dass es Himmelsrichtungen gibt, und auch nicht, wann man lernt, sie zu erkennen. Ich weiß nicht, wann ich zum ersten Mal einen der Namen verwendet habe, noch welcher es war und bei welcher Gelegenheit. Aber ich weiß, dass sich meine innere Geographie jenseits und diesseits der uns im Unterricht gelehrten Geographie formte. In der Grundschule lernten wir die Karte Frankreichs zeichnen. Und wenn Norden, Westen und Süden zumeist durch das Meer begrenzt waren und der Umriss des Landes also mit dem Umriss seiner Küsten verschmolz, war alles, was sich im Osten befand, deutlich problematischer. Sowohl zu zeichnen als auch zu bestimmen. Waren die drei letzten europäischen Kriege, an denen Frankreich teilhatte, der Krieg 1870, der Krieg 1914 und der Krieg 1939, nicht auf den Osten zu gerichtet? Oder war es auf den *Osten* zu, diesmal großgeschrieben? Denn es gibt eine französische Rechtschreibregel. Die Himmelsrichtungen schreibt man klein, wenn sie die Richtung, die Position bestimmen. Zum Beispiel: Heute kommt der Wind von Osten, im Französischen klein. Man schreibt sie dagegen groß, wenn sie ein Territorium bezeichnen, eine Region, wie in *l'Amérique du Nord*, Nordamerika. Das scheint auf den ersten Blick einfach, aber manchmal ist es nicht so leicht, zwischen einer Richtung und etwas Unbestimmbarerem zu unterscheiden. Der *Westen*, im Französischen großgeschrieben, wird oft mit dem Abendland gleichgesetzt. Und obwohl sich die zugehörigen Länder im kleingeschriebenen Westen befinden, deckt der Begriff etwas anderes als nur eine einfache geographische Bezeichnung ab. Er benennt eine geopolitische Situation, eine gemeinsame Geschichte, eine Kultur. So könnte man die Regel anders formulieren. Kleinschreibung, wenn es um Geographie, Großschreibung, wenn es um Geschichte geht.

Es gibt ein Land, von dem man in meiner Familie sprach, ohne wirklich darüber zu sprechen, und es befand sich sehr wohl jenseits der Grenzen, östlich von Frankreich, ein Land, das dafür sorgte, dass sich für mich der Osten über den Osten der anderen hinaus erstreckte, gekleidet in zugleich magische und düstere Farben – ein bisschen wie die Zauberwälder der Märchen – ein fernes Herkunftsland, aus dem man hatte fliehen müssen und zu dem die Rückkehr, gewollt oder erzwungen, in einer grässlichen Tragödie oder in neuem Exil geendet hatte. Dieses Land war Polen, Träger von zwei den Tod verkündenden Namen, Auschwitz und Kielce, die Geburtsstadt meiner Familie – Kielce und seine Karfreitagspogrome, Kielce und sein Nachkriegspogrom von 1946. So war der *Osten* für mich zugleich anziehend und furchterregend, ein *unheimliches* Land, in dem Träume und Albträume aufeinandertrafen. Da Polen zu belastet war von einem grausamen Gedächtnis, umging ich es und kreiste es ein, etablierte meinen *Osten* in zwei Städten, deren Namen allein mich hinrissen und durch die sich meine persönliche Geographie in eine imaginäre Astronomie verwandelte. Wien war die Sonne, Prag der Mond – vielleicht aufgrund ihres Klanges, war doch der Wiens, zumindest auf Französisch, *Vienne*, leuchtender, der Prags dunkler. Um das Ganze noch zu komplizieren, war Wien, das sich historisch im *Westen* befand (wenn auch auf neutralem Boden), geographisch weiter östlich als Prag, das jedoch historisch oder zumindest politisch im *Osten* war. Ich erinnere mich noch immer, dass man mit dem Nachtzug, bei gleicher Abfahrtszeit in Paris, um 17 Uhr in Prag und um 14 Uhr in Wien ankam. Das war geographisch absurd, aber historisch kohärent.

Auch in der Literatur fand ich diese Teilung. Diejenige aus dem *Osten* zog mich mehr an, da sie ins Innere der Tragödien des 20. Jahrhunderts eintauchte, statt sie zu vermeiden. Ich distanzierte mich von den oft rein formalen Experimenten, die in den 1960er und 70er Jahren in Frankreich geläufig waren, ebenso wie von der unter dem Einfluss des südamerikanischen Romans sogenannten Rückkehr des Romanhaften, die genauso die Geschichte und ihre schmerzhaften Verstrickungen vermied, und entdeckte Konwicki, Hrabal, Estherházy oder Panicki zu einer Zeit, als es nicht viel Interesse für sie gab.

Bei einem einmonatigen Aufenthalt auf diesen fruchtbaren literarischen Landstrichen, 1990, wurde mir jedoch die Relativität der Himmelsrichtungen bewusst. In Prag oder Budapest wie in Bratislava oder Warschau sah man sich nicht im Osten Europas, man sah sich, wenn überhaupt, im Zentrum, und noch häufiger ganz einfach in Europa. Der *Osten*, das war Russland, der *Osten* war ein herabsetzendes Stigma, von dem man sich befreien musste, und eigentlich gab es glücklicherweise immer Östlicheres als man selbst.

Mindestens ebenso wie um den Osten oder *Osten* kreisten meine Träume um den Norden, um den großen *Norden* und seine ungeheuren Weiten aus Schnee und Eis, um die Pole und die Erzählungen von ihrer Erforschung, die langen Überfahrten zu Land oder zu Meer, um ihre genaue Position zu bestimmen. Ihre unbekannten Landschaften trafen auf die Vorstellungswelt der Märchen. Und ja, war es nicht Kapitän Nemo, der die Antarktis unter dem Meer durchquert hatte – eine nie aufzuhebende Unmöglichkeit, selbst wenn eine echte Nautilus das Packeis unter den Meeren überwunden hat, aber das der Arktis? Die Pole, der Ort wo alle Himmelsrichtungen sich treffen und aufheben … Ort nicht gelöster Widersprüche – der Südpol ist kälter als der Nordpol. Ort, wo die Literatur der Realität vorausging – die eisfreien Meere, die man sich im 19. Jahrhundert vorstellte und die Jules Verne in seinen Romanen aufgriff; nun werden sie wegen des Klimawandels Realität werden. Sieg der Repräsentation über die Wirklichkeit, der Literatur über die Realität, selbst wenn man dieses eine Mal hinzufügen müsste – leider.

Übersetzt von Annette Bühler-Dietrich

MICHAIL SCHISCHKIN

Meines Bruders Hüter

Wir fahren von der Schule nach Hause, mit dem Bus 39 vom Arbat nach Presnja. Ich bin sieben, Sascha ist dreizehn. Wenn wir den Gartenring kreuzen, verkünde ich jedes Mal laut:

»Hochhaus am Platz des Aufstands!«

Wir haben ein Spiel: Er schlägt mir mit der flachen Hand auf den Kopf, und ich sage wie ein Roboter:

»Danke!«

Uns macht das Spaß, und auch ringsum im Bus lachen alle.

Er ist mein Bruder. Ich habe ihn lieb.

Wenn mir eine glückliche Erinnerung aus der Kindheit in den Sinn kommt, hat sie immer mit Sascha zu tun.

Abends hat es heftig geschneit, und wir machen uns mit dem Schlitten auf zu unserer Parkanlage, vorbei an meinem Kindergarten am Anfang der Kostikowstraße. Unter der Schneedecke wirkt alles irgendwie fremd, das Licht der Straßenlaternen macht die verschneiten Alleen zu violett schimmernden Hohlgängen. Mein Bruder läuft immer schneller, bringt den Schlitten auf Touren, dann bleibt er abrupt stehen, reißt am Strick, und ich fliege in eine Schneewehe, brülle hemmungslos vor Schreck und Wonne.

Später habe ich oft meine Söhne im Schnee auf dem Schlitten gezogen, bin genauso losgelaufen und habe kräftig am Strick gezerrt, sie sind mit Anlauf in die Schneewehe geflogen und haben vor Schreck und Wonne gekreischt, und immer wollte ich durch ihren Schreck, ihre Wonne, einfach noch einmal diesen Abend, unser Schneeglück, erleben.

Sascha knetete mit seinen Freunden Spielzeugsoldaten aus Plastilin. Sie fochten damit ganze Schlachten aus. Ich durfte nur zuschauen und nicht stören. Sie kneteten richtige Schiffe, die schwimmen konnten, die Masten und Rahen waren aus Streichhölzern, die Segel aus kariertem Schulheftpapier. Die Seeschlacht fand in der Wanne statt, sie machten das Licht aus und zündeten die Schiffe an. Im Dunkeln brannten sie wie echt. Die ganze Decke war danach schwarz von Ruß. Mein Bruder fing sich ein paar.

Das passierte oft. Ich sehe noch vor mir, wie Mama zum Gürtel greift und sich mit Sascha im Bad einschließt. Weshalb, weiß ich nicht. Hinter der Tür sind seine Schreie und die Hiebe des Gürtels zu hören. Ich hämmere gegen die Tür, rufe:

»Mama, Sascha nicht hauen! Nicht hauen!«

Er war mein Beschützer, mein Held. Einmal verpasste ein älterer Schüler mir, dem Erstklässler, im Gewühl der Schulkantine eine Kopfnuss. Sascha bekam das mit. Er schüttete meinem Peiniger sein Kompottglas ins Gesicht, es gab ein Gerangel, sie waren lange nicht auseinanderzubringen. Ich platzte vor Stolz: Das war mein großer Bruder! Ich war sicher, dass alle meine Klassenkameraden mich um ihn beneideten.

Ich träumte davon, auch einmal eine große Knetsoldatenschlacht mit ihm zu schlagen, und er versprach es mir, sobald ich eine würdige Armee hätte. Ich knetete unaufhörlich Soldaten und führte ihm immer wieder meine Truppen vor: Ist meine Armee schon würdig für unsere große Schlacht? Ja, sagte er, aber wir machen das besser im Sommer auf der Datscha. Ich wartete auf die Ferien und knetete weiter meine tapferen Krieger, um Sascha im ehrlichen und blutigen Kampf zu schlagen. Den halben Sommer über harrte ich bei Oma in Udelnaja aus, bis Sascha endlich aus seinem Sportlager am Meer kommen würde. Als er dann eintraf, verschwand er sofort zu seinen Datschafreunden. Er hatte keine Zeit für mich. Jeden Tag versprach er mir, wir würden ganz bestimmt eine große, spektakuläre Schlacht ausfechten. Später. Irgendwann. Es interessierte ihn nicht mehr, mit mir Krieg zu spielen. Die Schlacht fand nie statt.

Die sechs Jahre Altersunterschied machten sich bemerkbar; er langweilte sich jedes Jahr mehr mit mir.

Bei Oma in Udelnaja, wo ich den Sommer verbrachte, hing an der Wand ein verglastes Titelbild der Zeitschrift *Gesundheit* von 1955. Es zeigte die junge Familie Schischkin mit ihrem Erstgeborenen, als Säugling, in einen Beutel gewickelt. Die Eltern sahen jung und glücklich aus und hielten nicht mich im Arm. Ich habe sie nie so gekannt. Wie kam es dazu, dass mein Vater und mein Bruder einander hassten? Es gab unangenehme Szenen, die ich mir weder ins Gedächtnis rufen noch beschreiben will.

Heute würde Sascha kinderpsychologisch betreut werden, aber damals endete es immer mit Skandalen und Gürtelhieben. Nach der Scheidung der Eltern lebten wir ohne den Vater, und Mama kümmerte sich um die Erziehung. Mit Saschas Ausrastern kamen weder er selbst noch seine Umgebung klar, und er geriet deshalb immer wieder in Schwierigkeiten. In der neuen Wohnung in Presnja sollte er am ersten Tag den Müll in den Hof bringen. Kurze Zeit darauf hämmerten die Eltern eines anderen Kindes wutentbrannt gegen unsere Tür. Die Jungs im Hof hatten den Neuankömmling verspottet, und einer von ihnen hatte den eisernen Eimer über den Kopf bekommen, er musste ins Krankenhaus. Mein Bruder war sehr leicht in Rage zu bringen, sein Gesicht lief dann dunkelrot an, und er war imstande, Dinge zu zerbrechen und selbst Mama unflätig anzubrüllen. Aber am meisten bekam ich ab.

Einmal kamen wir abends nach Hause, er aus der Schule, ich aus dem Kindergarten, es war noch in der Kommunalka in der Kostikowstraße. Mama machte in der Küche das Abendessen, ich wollte etwas von Sascha, der gerade seine Schuluniform auszog und mir die Hose samt Gürtel ins Gesicht schlug. Das war nicht weiter schlimm und kam nicht zum ersten Mal vor, aber in der Hosentasche war ein scharf geschliffenes Messer aus dem Blatt einer Handsäge mit einem Griff aus blauem Isolierband. Die Klinge bohrte sich in meine Wange, gerade unterhalb des linken Auges. Das Blut spritzte heraus, Mama packte mich und lief schnurstracks mit mir in die Poliklinik, wo die Wunde genäht wurde. Es blieb eine Narbe zurück. Wenn ich später danach gefragt wurde, sagte ich nicht ohne Stolz: Das hat mir mein Bruder mit dem Messer verpasst.

Schmerzhafter waren natürlich die seelischen Verletzungen. Wir wohnten damals schon in der Matwejewskaja, also war ich in der vierten Klasse. Ich besaß einen Sekretär mit ausklappbarer Tischplatte. Die Hausaufgaben machte ich am Tisch in Mamas Zimmer, hier aber war meine eigene Welt, die großteils auch aus Plastilin bestand. Ich errichtete eine Stadt, baute Häuser und Bahnhöfe, über der Stadt fuhr eine elektrische Spielzeugeisenbahn. Außerdem hatte ich Schiffe – ich war darauf gekommen, Streichholzschachteln mit Plastilin einzuschmieren, fertigte aus Fäden eine echte Takelage an, bemalte Segel und Flaggen. Ich las damals gerade James Fenimore Cooper und taufte das größte Schiff auf den Namen *Pionier*, nach seinem Buch *The Pioneers*. Dabei dachte ich an amerikanische Urwälder, Fährtensucher und Indianer. Ich rollte ein dünnes Fädchen aus weißem Plastilin und legte daraus den Schriftzug an der Bordwand. Mein Bruder lachte mich aus. Er dachte, ich hätte mein Schiff nach den Pionieren benannt, die mit rotem Halstuch beim Fahnenappell salutieren. Das war mir furchtbar unangenehm und peinlich. So lernte ich zu begreifen, dass mit den Wörtern etwas nicht stimmt.

Einmal zerstritten wir uns, ich weiß nicht mehr weshalb. Er ging an meinen Sekretär, klappte ihn zu und zerquetschte und zerstörte so meine Stadt. Ich heulte, Mama versuchte mich zu trösten, aber vergeblich. Es schmerzt selbst heute noch.

Sascha wurde ein Dichter. Mit sechzehn? Siebzehn? Bei uns verkehrten jetzt seine neuen Freunde, lauter Dichter und Schlauköpfe. Damals waren wir schon an die Metrostation Schtscholkowskaja gezogen, in ein fünfstöckiges Haus in der 13. Parkstraße. Von mir nahm niemand Notiz, ich war ein unsichtbarer Junge, der in der Küche Hausaufgaben machen und nicht weiter im Weg sein sollte.

In der Ödnis des sowjetischen Monotheismus bildeten sie eine Sekte, die ihren eigenen, geheimen Göttern huldigte. Muss ich erst groß erklären, dass Saschas Götter sofort auch meine wurden?

Eine neue, verborgene Wirklichkeit tat sich auf. Bis jetzt hatte mein Leben aus Schule und Hof bestanden, aus dem Lügengeschwätz der Lehrer und dem im Fernsehen. Die armseligen Plakate überall in der Stadt hielten mich aus irgendeinem Grund für einen Erbauer des Kommunismus, und die Ausdrücke auf der Straße und in den Schulpausen waren abfällig und unflätig. Doch hier erklangen andere, ungewohnte Wörter und Namen. Damals habe ich wahrscheinlich zum ersten Mal den Unterschied zwischen echt und unecht gespürt.

Mit dem Reimen klappte es bei mir nicht recht, und ich fing an, Schulhefte mit Romanen zu füllen. Ich weiß noch, wie Mama einmal zu jemandem sagte, ihr großer Sohn sei Dichter und der kleine Schriftsteller. Das sollte ein Scherz sein. Sie verstand nicht, dass es wirklich so war. Weder damals noch später.

Saschas Gedichte konnte ich auswendig. Ich kenne sie heute noch. Für mich waren sie mehr als Gedichte. In der achten Klasse veranstaltete unsere Literaturlehrerin einen poetischen Abend bei Kerzenschein. Jeder rezitierte reihum sein Lieblingsgedicht, einige die halb verbotenen Dichter Zwetajewa, Mandelstam, Gumiljow und ich Verse meines Bruders.

Außerdem spielte Sascha in Tanja Garbaritschiks Jugendtheater den Viktor Silow, die Hauptrolle in Alexander Wampilows Stück *Entenjagd*. Es gab keine Bühne; der Saal war wie das Café »Vergissmeinnicht« aus dem Stück gestaltet, und die Zuschauer saßen an Tischen. Silow malt sich in dem Stück seine Beerdigung aus, und mein Bruder lag wie tot mit gefalteten Händen im Sarg. Er lag so lang reglos da, ohne zu atmen, dass ich für einen Moment wirklich glaubte, er sei gestorben. Dann prustete er los, sprang auf, und die Handlung ging weiter. Ich weiß noch sehr gut, wie mich in diesem Augenblick der Gedanke durchfuhr, dass er eines Tages tatsächlich sterben und so im Sarg liegen würde, und auf seiner Beerdigung würde ich daran denken, wie er schon einmal gestorben war und genauso mit gefalteten Händen dagelegen hatte, ohne zu atmen. Und wie er dann lachend aus dem Sarg stieg.

Ich weiß nicht mehr, wann die Leute in seinem Umfeld

anfingen, mich zu bemerken, aber irgendwann war es so weit. Damals lernte ich durch meinen Bruder Menschen kennen, die später in meinem Leben eine wichtige Rolle spielten – Grischa Tschchartischwili, Mischa Epstejn, Wolodja Mirsojew, Wolodja Scharow. Mit der Zeit verwischte sich der Altersunterschied, und der Austausch wurde wichtiger.

Die Donnerstage waren für mich wie eine Universität. Sie waren unsere »geheime Freiheit«, wie Puschkin es nannte. Wir kamen an verschiedenen Orten zusammen, oft bei meinem Bruder. Er war zu seiner Frau, Olga Orenburg, in die Granowski-Straße gezogen. Das Haus war im Hof, gegenüber vom Timirjasew-Museum. Wir tauschten verbotene Literatur, hielten Vorlesungen ab, lasen und analysierten unsere Texte.

Saschas Haus war für alle offen. Ich verbrachte dort Tage und Nächte. Man wusste nie, wen man diesmal in der Küche antreffen würde – einen Slawistikstudenten aus Kanada, den berühmten Hippie Mischa-Krasnoschtan oder einen eben entlassenen Sträfling, der nicht wusste, wohin. Ich weiß noch, wie wir den Erzählungen über die Regeln des Knastalltags lauschten. Wahrscheinlich bereiteten wir uns irgendwie darauf vor, dass man vor Bettelsack und Gefängnis nie sicher sein kann, wie die Redensart sagt. Ein Nachdruck der Schrift *Wie verhalte ich mich bei einem Verhör* ging von Hand zu Hand. Wie sich dann zeigte, war die Vorbereitung nicht vergeblich gewesen. Unter Andropow lochten sie Sascha ein.

In meinem Roman *Die Eroberung von Ismail* habe ich beschrieben, wie ich ins Lager fuhr, um ihn zu besuchen. Erst in die Strafkolonie bei Lgow in der Oblast Kursk, dann nach Iwdel im nördlichen Ural. In dieser Zeit sind wir uns nähergekommen, wir begannen einander zu schreiben. Das Briefeschreiben war Saschas einzige Verbindung zu einer Welt, in der es menschliche Gefühle gab, Gedanken, Probleme und Wörter, die nichts mit dem Gefängnis zu tun hatten. Er vermisste Dinge, die im Alltag gar nicht groß auffallen, etwa Farbe. Deshalb bat er mich, ihm Kunstpostkarten zu schicken. Ich kaufte Postkartensammlungen aus Museen in der ganzen Welt auf und schickte sie ihm. All das passte so gar nicht zusammen – die Lgower Strafkolonie und das Prado, Iwdel und das Metropolitan.

Wohl zum ersten Mal im Leben wurde ich wichtig für ihn, und er brauchte mich.

Mama hatte Krebs, sie wurde operiert, und dann kam die Chemotherapie. Sie konnte ihn nicht besuchen, ich fuhr allein. Im Gedränge der Gemeinschaftsküche kochte ich irgendwas zusammen, das wohl ungenießbar war. Nachts konnten wir nicht einschlafen, Sascha musste dauernd aufs Klo. Wir lagen auf knarzenden Eisenbetten in einer Kammer, die durch und durch nach Gefängnisschweiß roch, und er rezitierte neue Gedichte.

Mein Bruder wurde im Gefängnis sozusagen zurechtgepresst, er wurde trocken, aber kräftig. Er verlor dort einen Finger in der Stanze, erwarb aber eine innere Gewissheit und Festigkeit. Ein wichtiges Wissen, das weder ich noch sonst jemand von uns besaß.

Mama wartete, bis Sascha zurückkam, und starb wenige Tage darauf.

Nachdem er aus dem Lager gekommen war, hatten wir kaum noch Kontakt, jeder führte sein eigenes Leben.

Sascha war in ein anderes Land zurückgekehrt. Es war aus dem Gleis gekippt, und plötzlich war alles möglich. Es hatte Verwendung für seine unbändige Energie. Vom Sträfling, vom Abschaum der Gesellschaft, katapultierte er sich in wenigen Jahren in die Stratosphäre.

Als meine erste Publikation in der *Snamja* erschien, wollte ich meinem Bruder die Ausgabe schenken und rief ihn an. Sascha bat mich, ihm die Zeitschrift am Arbeitsplatz vorbeizubringen. Er war damals schon stellvertretender Direktor der Salogbank. Sie befand sich im Gebäude des ehemaligen Ministeriums für Gerätebau in der Ogarjowstraße. Haus, Straße und Hof waren mir vertraut, weil ich dort während des Studiums als Hausmeister gejobbt hatte. Ich hatte extra erst im April angefangen, um nicht Schnee schippen zu müssen, aber ausgerechnet in diesem Jahr war der April besonders schneereich gewesen, und ich musste morgens Schneewehen fortschaufeln und Eis hacken, um dann schweißnass zur Vorlesung zu eilen. Jetzt empfingen mich kraftstrotzende Wachmänner in teuren Anzügen und geleiteten mich durch die langen, nach frischer Farbe riechenden Flure zum Büro von Herrn Direktor Schischkin. Dort musste ich lange warten. Endlich kam mein Bruder heraus, er war kaum wiederzuerkennen. Auch er steckte in einem teuren Anzug und entschuldigte sich, er habe sehr viel zu tun und nur fünf Minuten Zeit für mich.

Was aus der Bank geworden ist, habe ich nicht verfolgt, aber mein Bruder hatte danach verschiedene Firmen an verschiedenen Orten. Schließlich wurde er wohl Chef einer Rechtsberatungsfirma.

Bei all dem hat Sascha nie aufgehört, Dichter zu sein. Das ist offenbar eine gut verträgliche Krankheit, mit der man es bis zum Tod aushalten kann. Er brachte einen Band mit seinen Gedichten heraus – einen prächtigen, klobigen Folianten mit teurem Prägeeinband. Ein Exemplar schenkte er mir. Ich sagte, dem ersten Gedichtband stünde es besser an, wenn er als dünnes Heftchen auf schlechtem Papier mit einem unscheinbaren Umschlag erscheine. Das hörte er wohl nicht gern.

Nach meiner Ausreise in die Schweiz hatten wir noch weniger miteinander zu tun. Wenn ich in Moskau war, wohnte ich manchmal in seiner großen, lauten Wohnung am Schmitowski-Projesd – er wollte offenbar dort leben, wo er seine Kindheit verbracht hatte. Er und Vera hatten vier Kinder. Sie war, glaube ich, seine dritte Frau. Ich weiß nicht, was passiert ist, nur, dass sie sich im Bösen getrennt haben, voller Hass aufeinander. Sie verließ ihn und nahm alle vier Kinder mit. Er hat dann wieder geheiratet, eine junge Frau aus Mariupol.

Als unter Gorbatschow die neue Zeit anbrach, wollte ich einen eigenen Verlag gründen. Das wollten alle. Ich erinnere mich noch an das Staunen eines ausländischen Besuchers, dem ich von meinem Projekt erzählte. Der Schwede – ich glaube, er kam aus Schweden – sagte, er sei erst zwei Tage in Moskau, und ich sei schon der Zehnte, der ihm erzähle, er wolle einen Verlag aufmachen. Ich habe das dann nie getan, aber dafür mein Bruder – wenn auch erst später, im Jahr 2003. In seinem Verlag Art House media erschienen vorzügliche Bücher. Er brachte den Band *Batman Sahaidatschnyj* des genialen Dichters Sascha Kabanow heraus. Er verlegte sowohl Russen als auch Ukrainer, unter anderem Serhij Zhadan. Aber was mir besonders viel bedeutet, ist, dass sein Verlag Bücher von Eduard Schulman veröffentlicht hat, meinem Lehrer, einem verkannten Klassiker, der in der Literaturszene kein Aufsehen erregt hat, aber wichtig für mich und meine Texte ist. Er hat damals unsere Donnerstagstreffen geleitet.

Ich zählte als junger Mann zu seinem Schülerkreis, aber

ich hatte dabei nie das Gefühl, unter seinem Einfluss zu stehen. Das »Schülertum« beschränkte sich für mich auf das Erörtern von Texten, Wendungen, Wörtern. Aber jetzt, im siebten Jahrzehnt, am anderen Ende des Lebens, nahm ich die bei meinem Bruder erschienene Ausgabe von Schulmans Roman *Poleschajew und Bibikow* in die Hand, den ich mit achtzehn Jahren gehört hatte, als der Autor ihn in magischem, fast schamanenhaftem Ton vortrug. Und plötzlich fiel es mir wie Schuppen von den Augen: Ich bin ja ganz und gar aus Poleschajews Mantel hervorgekrochen! Ich hatte alles von Schulman, genau wie Sascha Sokolows *Schule der Dummen*, so selbstverständlich und inspiriert aufgesaugt, wie man das als junger Mann tut, wenn es noch nichts Eigenes gibt und deshalb auch nichts Fremdes – alles, was du siehst, liest und erschnupperst, ist deins.

Danke dir, Bruder, dass du dieses Buch verlegt hast!

2010 wurden wir beide zum Lyrikfestival »Kiewskije Lawry« eingeladen, ich als Schriftsteller und er als Verleger. Die Lesungen fanden im Haus des Lehrers in Kyjiw statt. Es ist seltsam, das Programm dieses Festivals heute, nach so vielen Jahren und Toden, zu lesen. Nach den Namen der Teilnehmenden ist in Klammern das Land vermerkt: Michail Schischkin (Schweiz), Sergej Solowjow (Indien), Bakhyt Kenjeev (USA), Boris Chersonskij (Ukraine), Alexander Schischkin (Russland). Viele mag ich gar nicht erst nennen – nach den Auftritten saßen wir mit denen an einem Tisch, die später unsere Feinde werden sollten. Damals schien es, dass wir alle etwas sehr Wichtiges tun, dass wir einen Kulturraum zusammenführen, errichten, wo es auf Herkunft nicht ankommt, wo es weder Bosheit noch Hass gibt, sondern das Glück, verstanden zu werden. Die Worte hatten noch einen Sinn, und wenn man »Russe« oder »russische Kultur« sagte, musste man nicht erklären, was damit gemeint ist.

Heute reisen einige der Autoren, die mein Bruder verlegt hat, durch Russland und rezitieren in überfüllten Sälen ihre Z-Verse.

Z – was ist das nur für ein Virus? Wann haben sie sich das geholt? Oder hatten sie es schon immer im Blut, und es hat einfach den passenden Zeitpunkt abgewartet?

Wo war der »point of no return«? Bis wann wäre es noch möglich gewesen, festzuhalten, die Brücken nicht abzubrechen, nicht auseinanderzufliegen? Bis zur Krim-Annexion? Nein, da war es schon zu spät.

Woher kommt das bloß bei den russischen Dichtern? Majakowski versuchte sich loszusagen: »Ich bin nicht der deine, abscheuliche Schneeheimat!« Doch bei der Probe aufs Exempel erwies er sich als der ihre mit Haut und Haar, als Fleisch von ihrem Fleisch, Schnee von ihrem Schnee, und dann konnte er nicht mehr weiter. Er ging den Weg, der ihm offenstand, um sich aus ihrer Umarmung zu reißen.

Was ist das für eine Kraft der »abscheulichen Schneeheimat«, ihr »unverfrorener Griff«? Sie sind doch keine Leibeigenen aus Oblomowka, keine Einfaltspinsel aus Dumburg, keine Rekruten aus Krähwinkel!

Und jedes Gespräch ist hier sinnlos. Seit Jahrhunderten schon ruft man ihnen zu, dass es nötig ist, sich von der Pflicht vor Zar und Vaterland zu befreien, vom Wahn des großen Raums, vom Ruf der Mutter Heimat. Und sie antworten im Chor: »Worin liegt die Kraft, Bruder? Die Kraft, verfickt noch mal, liegt in der Wahrheit. Rauf, runter, Liegestütz! Geben wir's den Scheißukrainern! Für Russland, für Puschkin!«

In den letzten Jahren hat mein Bruder sich einer Leidenschaft aus seiner Jugendzeit zugewandt: Badminton. Als die Welt angesichts der Bilder von den Leichen in Butscha und Irpin im Schock erstarrte, postete er Einladungen zu Trainingslagern. Ein Copy-Paste aus seinem Facebook-Feed:

»Es gibt alles, was ihr an Trainingslagern mögt:
- Zweimal täglich Training
- Theorie, Seminare, Denkspiele zum Thema Badminton
- Brettspiele und nette Gesellschaft
- Komfortable Hotelzimmer und leckeres Essen vom Büffet
- Pool-Nutzung, im Preis inbegriffen
- Jede Menge Abwechslung: Saunen, Spielecken, Airhockey.«

Airhockey, Bruder, Airhockey.

Ich begreife das nicht.

Und wenn es hundert Erklärungen gibt, ich will es nicht begreifen.

Die gemeinsamen Freunde fragen mich längst schon nicht mehr nach meinem Bruder. Auch ich mag mit niemandem über seine Facebook-Posts reden.

2014 sind wir einander fremd geworden.

Seit dem 24. Februar 2022 sind wir Feinde.

Das alles gab es ja schon – in Russlands Geschichte und der unserer Familie. Vor hundert Jahren hat unser Großvater Georgi Greschitschko im Bürgerkrieg für die Roten gekämpft, sein Bruder Pjotr für die Weißen. Wenn sie sich auf dem Schlachtfeld begegnet wären, hätten sie wohl aufeinander geschossen. Großvater war 19, sein Bruder ein bisschen älter. Sascha und ich sind jetzt über sechzig. Und wieder ist Krieg. Und die Front verläuft zwischen uns.

Inzwischen postet er Gedichte, nur Gedichte. Tag für Tag, unaufhörlich. Alle sind datiert; sie wurden vor zehn Jahren geschrieben, vor zwanzig, dreißig, manchmal auch vierzig Jahren. Likes gab es in letzter Zeit ohnehin immer weniger, jetzt sind es vielleicht mal ein oder zwei, oder keines. Früher hat er jeden Tag ein Gedicht gepostet. Heute sind es zwei, drei oder auch fünf. Immer öfter wiederholen sie sich.

Ich will über diesen Menschen nichts wissen.

Dazu muss ich die Erinnerung loswerden.

Wir fahren im Bus über den Platz des Aufstands, er haut mir auf den Kopf, und ich sage mit Roboterstimme: »Danke!«

Wir sind über und über mit Schnee bedeckt und müssen längst nach Hause, doch ich bettele: »Noch einmal! Nochmal!« Und wieder rennt er mit dem Schlitten los, gleich werde ich in die Schneewehe fliegen, ich schreie vor Glück.

Ich knete immer weiter Plastilinsoldaten und warte auf unsere Schlacht.

Mein Bruder. Mein Feind.

Ich liebe dich.

Übersetzt von Anselm Bühling

NOVIOLET BULAWAYO

Windrose

bedenke – erst die Meere
die Schiffe, die vor langer, langer Zeit im Wind
über unbekannte Wasser ritten und auf der anderen
Seite von Gottes Erde gottlose Wilde entdeckten
wartend aufs weiße Erlöserlicht
bedenke –

dann die edle Rettung trauriger Barbaren
aus fürchterlichem Herz der Finsternis
in gleißend helles Licht – *amazing grace*, so süß
der Klang der Heiligen im Gleichschritt von Kultur
Rassismus, Kolonien, Sklaverei, Krieg, Kapital, Atlanten –
auch
so schafft man Welten aus einer Welt, hier
die Erste Welt, die Zweite, die Dritte
bedenke –

jetzt die teekesselförmige Heimat, die den Atem
anhält, im Süden an der Spitze Afrikas, ein Kunstland
aus Eroberung geboren, verstümmelt tastet es nach
seinen Teilen, Gebeine beweinen Verwandte, jenseits
der Grenze gestrandet, ein Norden, der kein wahrer ist
ein Süden, Osten, Westen, die nicht sitzen wollen, denn
selbst das Land hat ein Gedächtnis, erinnert den
Geschmack
des eigenen Bluts, von damals, als es Grenzen blutete.

hier, auf dieser heimgesuchten Erde, gibt der Kompass
seine Sprache auf, beugt sich Zungen, die die vollen
Namen aller Orte singen wie zum Lob des Lands für das
Verlorene, Ertragene, als wüssten sie: Man kann
ein Land auch schleifen.

Übersetzt von Jan Schönherr

FRANCESCA MELANDRI

Windrose

»Westliche Zivilisation«: Der Teil der Menschheit, dem ich zugeordnet werde, trägt eine Himmelsrichtung im Namen: den Westen.

Die westliche Zivilisation, heißt es, habe in Europa ihren Anfang genommen und sich von hier aus über den ganzen Planeten ausgebreitet bis nach Nordamerika, Australien, Neuseeland und so weiter.

Doch wie kam es, dass wir uns in erster Linie als Menschen des Westens begriffen?

Tatsächlich handelte es sich anfangs schlicht um eine geographische Bezeichnung, für die es organisatorische Gründe gab.

Am Ende des 4. Jahrhunderts nach Christus war das Römische Reich zu einer solchen Größe angewachsen, dass es sich nicht mehr als Einheit verwalten ließ. Also wurde es in Ostrom und Westrom aufgeteilt, und jedes der beiden Reiche bekam seine eigene Hauptstadt – Rom und Konstantinopel, das heutige Istanbul. Die Teilung in ›Ost‹ und ›West‹ war also anfangs nichts weiter als eine sinnvolle, pragmatische Verwaltungsmaßnahme. Mit Identität hatte sie nichts zu tun.

Der Grund, warum der Begriff »Menschen des Westens« einen Bedeutungswandel erfuhr – weg von der rein administrativen und geographischen Bezeichnung hin zu einer mit Werten und Identität verbundenen Eigendefinition –, war derselbe, aus dem Identität immer entsteht.

Man wollte nicht sagen, wer man ist.

Sondern wer man nicht ist.

Zu Beginn des 15. Jahrhunderts hatten die Muslime weitgehend die Gebiete übernommen, die früher einmal die Osthälfte des Imperiums gewesen waren, bis 1453 schließlich auch die Hauptstadt Konstantinopel an sie fiel. An diesem Punkt verspürten die Bewohner des anderen Teils des ehemaligen Reiches, in den westlichen Ländern des europäischen Kontinents, die Notwendigkeit einer Definition.

Wir waren KEINE Muslime.

Wir waren nicht *sie*.

Wir waren die Erben des glorreichen Römischen Reiches und die Anhänger des einzig wahren Glaubens, des Christentums.

Sie waren Levantiner im ursprünglichen Sinn des Wortes, also »Menschen des Ostens«, »aus der Levante«, bevor die Bezeichnung später zum Inbegriff für Faulheit und Unzuverlässigkeit wurde, angewandt auf Personen, die mit falschem Lächeln betrogen oder gar töteten und denen man auch sonst allerlei Schlechtes zuschrieb. In den folgenden Jahrhunderten wurde der verweichlichte, dekadente Orient zum Symbol für alles, was im Gegensatz zum tugendhaften Okzident stand, zum mächtigen Westen. Diesen Mechanismus hat niemand besser analysiert als Edward Said in seinem wegweisenden Buch *Orientalismus*.

Weniger als 40 Jahre, nachdem der Fall von Konstantinopel die christliche Welt erschüttert hatte und dringend nach einer Klärung verlangte, wer *wir* waren, setzte Christoph Kolumbus seinen Fuß auf eine karibische Insel und nannte sie nach dem westlichen Ausläufer des europäischen Kontinents Hispaniola, das kleine Spanien.

Dieses Timing war kein Zufall.

Dadurch wurde die ursprüngliche Formel für das, was

den Menschen des Westens ausmachte (antikes Erbe + Christentum), um zwei wichtige Faktoren ergänzt, die sie für die folgenden Jahrhunderte wappneten.

Die neue Formel lautete: antikes Erbe + Christentum + Kolonialismus + wissenschaftliche und industrielle Revolution = Westliche Zivilisation.

Doch dann geschah etwas.

Die sogenannte »westliche Zivilisation« wurde immer stärker mit einer Himmelsrichtung gleichgesetzt, die nicht länger der Westen war: nämlich mit dem Norden als Gegenpol zum Süden. Der Norden wurde zum Synonym für »weiß« und der Süden zum Synonym für »schwarz« oder »braun«.

Als Italienerin kenne ich die Bruchlinie zwischen Nord und Süd sehr gut. Mein eigenes Land ist das beste Beispiel dafür.

Das italienische Stereotyp geht so: der industrielle, wohlhabende, fortschrittliche Norden und der rückständige (levantinische!) Süden. Natürlich trifft es das nicht ganz, ist aber auch nicht ganz falsch. Seit der Geburt des italienischen Nationalstaats leidet mein Land unter den Folgen des internen Kolonialismus, aus dem es entstanden ist und der zur sogenannten »Questione Meridionale« geführt hat, der »Frage des Südens«. Bis heute, mehr als 160 Jahre später, konnte Italien die daraus erwachsenden strukturellen Probleme nicht lösen, so hartnäckig sind sie.

Man könnte sagen, dass mein Land in seiner langgestreckten Nord-Süd-Form die geographisch komprimierte Abbildung jener Bruchlinie ist, die angeblich quer durch die ganze Welt verläuft und sie in zwei Hälften teilt, die wir den »Globalen Norden« und den »Globalen Süden« nennen, der eine Teil industriell, reich und »zivilisiert« und der andere rückständig, arm und chaotisch.

Ja, Himmelsrichtungen können eine Art Zwangsjacke sein, die automatisch zu einer Abwertung führt.

Deshalb möchte ich vorschlagen, den Raum auf eine andere Art zu betrachten.

Ich wurde in einer Stadt geboren, die sprichwörtlich dafür bekannt ist, dass alle Wege dort hinführen: Wenn man nur lange genug reist, erreicht man Rom auf jeder Straße.

Rom lag weder nördlich noch südlich, östlich noch westlich von einer anderen Stadt. Rom selbst war der Mittelpunkt der Landkarte – die Mitte des Kompasses, der Windrose.

Diese Zeiten sind natürlich lange vorbei.

Heute ist Rom eine verschlafene Hauptstadt, die sich in der absurd exzessiven Pracht ihrer Vergangenheit sonnt. Doch der Grund, warum diese Stadt in der Geschichte der Menschheit so zentral war, besteht unverändert fort, trotz aller historischen Umwälzungen, trotz der vielen Kaiser und Päpste, die sie hat kommen und gehen sehen.

Und der Grund dafür ist ihre zentrale Lage im Mittelmeerraum.

Im Deutschen heißt es *Mittelmeer*, im Italienischen *Mar Mediterraneo*, Mittelländisches Meer, und die alten Römer nannten das Gewässer *Mare Nostrum*, Unser Meer.

Und wie zahlreich und vielfältig sind die Länder, die dieses flüssige Herz umgeben! Drei von fünf Kontinenten der Erde – Afrika, Europa, Asien – grenzen an das relativ kleine Meer, und damit 56 Prozent der Landmasse der Erde.

Die Länder erstrecken sich von Gibraltar bis zum Asowschen Meer, dazwischen das Tyrrhenische, das Adriatische und das Ionische Meer, die Ägäis und das Schwarze Meer, und die mondsichelförmigen Gewässer an ihren Ufern haben eine erstaunliche Vielfalt an Sprachen, Kulturen und Gepflogenheiten gesehen, die unterschiedlicher nicht sein könnten und doch alle Teil des großen Ganzen sind. Eines Ganzen, das weiter und mächtiger, aber auch schwerer zu greifen ist als das, was wir zum Beispiel die Westliche Zivilisation nennen.

Man könnte es als eine Art Beziehungsnetz definieren, ein dichtes Geflecht aus Ereignissen, Handel, Piraterie, Kriegen und Austausch.

Und dann gibt es noch einen weiter gefassten Mittelmeerraum, der über die eigentlichen Meere hinausweist und aus den zahllosen Zuflüssen gespeist wird, die sich aus allen Richtungen in das Mittelmeer ergießen und seit jeher wie silberne Wassertentakel andere Länder und weiter entfernt lebende Völker verbindet.

Wie zum Beispiel die Wikinger, die aus dem heutigen Skandinavien kommend über die großen Flüsse der Steppe segelten – den Don, die Wolga und den Dnepr –, bis sie das Asowsche Meer erreichten, wo sie mit Pelzen handelten und Menschen gefangen nahmen, die von genuesischen Sklavenhändlern auf den Sklavenmärkten in Venedig und Marseille verkauft wurden.

Oder wie das Königreich Punt im heutigen Äthiopien, das durch den Nil mit Ägypten verbunden war, der royalen Gewürzroute schon zu Zeiten der Königin von Saba, die von König Salomo in Jerusalem geliebt wurde.

Oder wie die Bewohner der Alpen, wo sich Gletscher in Wasserläufe verwandeln – die Rhône, den Po, die Donau –

und schließlich in dieses wunderbare Meer fließen und eins mit ihm werden.

Vor kurzem war ich in Georgien, in einer Stadt namens Batumi am Schwarzen Meer, in derselben Gegend, die von den alten Griechen Kolchis genannt wurde und die der Sage nach der Geburtsort der Medea war. Und obwohl ich Georgien nicht kannte, fühlte ich mich unerwartet vertraut. Das lag nicht nur an den Oliven, am Wein oder an den Gesichtszügen der Menschen, die meinen italienischen Landsleuten aus Sardinien oder den Abruzzen ähnelten. Der Grund lag viel tiefer. Er lag in einem Gefühl der Zugehörigkeit.

Und das habe ich mir nicht etwa eingebildet: Die Menschen in Georgien und die Menschen aus meiner Geburtsstadt verbanden Jahrtausende florierender Beziehungen.

Sie hatten miteinander das Brot gebrochen, sie hatten gegeneinander Krieg geführt, sie hatten sich gegenseitig versklavt und untereinander geheiratet, sie hatten einander unterdrückt und gegeneinander rebelliert.

Mit anderen Worten, sie hatten sich gekannt und anerkannt und ein dichtes Geflecht aus Geschichten und Geschichte gewoben, die wir Menschen des weiteren Mittelmeerraums mehr oder weniger alle teilen: Sizilianer, Türken, Katalanen, Libanesen und Marokkaner, aber auch die schon erwähnten Wikinger und die nordischen Völker, welche wir Normannen nennen – Menschen des Nordens –, die Skythen und die Slawen, die Steppenbewohner in den Gegenden rund um das Asowsche Meer, der heutigen Ukraine, die Krimtataren und die Berber, die als Händler die Wüste durchquerten, und die Senegalesen, die sie mit Gold bezahlten, die Untertanen Österreich-Ungarns, die Abessinier, die Phönizier, die Franken und so weiter und so fort.

Doch es gelang keinem der Völker allein, dieses mäandernde Gewässer so speziell zu machen und ihm seine Bedeutung zu verleihen, die weit über die bloße Größe hinausging – erst recht keiner »Zivilisation«. Das gelang nur dadurch, dass all diese Völker, all diese »Zivilisationen«, unablässig miteinander in Kontakt waren. Ihr beständiger Austausch durch die Jahrtausende machte diesen Ort so einzigartig in der Weltgeschichte.

Ich wurde also nur wenige Kilometer von einem Meer entfernt geboren, das in seiner schrecklichen und phantastisch reichen Geschichte etwas verkörpert, das den Begriff »westliche Zivilisation« aus zwei Gründen Lügen straft.

Erstens, weil die Reduktion auf eine Koordinate alle anderen Himmelsrichtungen abwertet.

Und zweitens, weil das Wort »Zivilisation« automatisch eine Grenze zwischen denen zieht, die dazugehören, und jenen, die nicht dazugehören, zwischen denen, die zivilisiert sind, und jenen, die es nicht sind.

Die eigentliche Lehre, die wir aus dem weiteren Mittelmeerraum ziehen können, ist eine andere und komplett gegensätzliche, und sie gilt genauso für die großen Weltmeere wie den Atlantik, den Pazifik und den Indischen Ozean.

Sie lautet:

Keine menschliche Erfahrung auf unserem kleinen Planeten wurde jemals von einem Volk alleine gemacht und noch viel weniger von einer einzigen »Zivilisation«: Menschliche Erfahrung erwächst seit jeher und ausschließlich aus dem endlosen Geflecht gegenseitiger Beziehungen.

Übersetzt von Esther Hansen

ARIS FIORETOS

Alaska

... wir wollen nach Alaska gehn.
Gottfried Benn

Der Deckenventilator dreht sich träge, aber methodisch, ein Propeller im Leerlauf. Das Bettlaken hat sich verdreht, du wachst mühsam auf. Es ist Ende April, die Tage besitzen bereits die Hitze des Sommers. Schweiß rinnt dir aus den Poren, ohne dass du etwas anderes tust als zu atmen. Wenn du die Luft in der Lunge hältst, spürst du, wie es am Haaransatz kitzelt. Silbernes Wasser rinnt die eine Schläfe hinunter, die Wange entlang. Wenn sich drei oder vier Tropfen gesammelt haben, bilden sie einen neuen, der prall über dein Kinn und nach unten, zu den Kuhlen zwischen den Schlüsselbeinen, hindurch gleitet. Du denkst an das Bild, das du in der Zeitung gesehen hast. Der Junge saß auf einem Stuhl, die Tränen zogen Furchen in sein rußiges Gesicht. Seine Wangen bildeten eine Flusslandschaft. In den Armen hielt er einen Klumpen. Als du den Text lasest, verstandest du, was das war: »Moise, 6 Jahre alt, mit seinem Teddybär. Er überlebte das Feuer, das die ganze Familie dahinraffte.«

Du weintest wie ein Kind.

Später mustertest du dich im Rasierspiegel. Bald einundzwanzig. Ungewaschene Haare, wilde Augen. Du erkanntest dich kaum wieder. Wenn dein Elternhaus in Flammen gestanden hätte, hättest du dich ins Feuer gestürzt, um Vater, Mutter und Schwester zu retten. Doch du hast alles getan, um allein zu sein. Einsam, verlassen, der letzte Mensch auf Erden. Das war es, was du wolltest. Welch parodischer Gedanke. Du ahntest, dass nur Unglück wartete, wenn du keine Verwandten hattest. Wenn dir niemand nahestand. Wenn du nicht vermisst wurdest. Und dennoch hast du dir vorgestellt, dich selbst aufzugeben. Nicht um dich in jemand anderen zu verwandeln, sondern um der zu werden, der du warst. Ein Mensch ohne Geschichte. Was für ein namenloser Widerspruch. Es gab Zeiten, in denen du diesem Gedankengang so weit gefolgt bist, dass du kaum den Weg zurückfandest. Dann wurde dir klar, wie es sich anfühlte. Umgeben von trockener, weißer Kälte. Diese Wüste aus Hunger und Klarheit.

Jetzt kannst du nur noch denken: Du wilder Clown. Du leergefegtes Paradies.

Fürchte deine Wünsche.

So begann ein Roman, den ich vor zwölf, vierzehn Jahren begonnen habe. Der Wunsch, das Bedürfnis nach radikaler Unabhängigkeit zu schildern, beschäftigt mich schon seit Jahrzehnten, seit Anfang der neunziger Jahre, als ich in *The New Yorker* einen Artikel über einen Einundzwanzigjährigen las, der alles verlassen hatte, was ihn an Menschen, an Erwartungen und Verpflichtungen, an eine Geschichte band. Kurzum: die Zivilisation.

Ich erkannte mich in diesem Christopher McCandless wieder. Nach seinem Collegeabschluss spendete er sein restliches Bankguthaben an Oxfam und taufte sich in Alex Supertramp um. Einen Monat später ging sein gebrauchter Datsun in Arizona kaputt. Er verprasste das letzte Bargeld und lebte anderthalb Jahre von der Hand in den Mund. Schlief auf den Straßen von Las Vegas, reiste mit den Güterwaggons, die den Kontinent in endlosen Reihen durchqueren, arbeitete in der Küche von McDonald's in Bullhead City, Arizona. Am Dienstag, dem 28. April 1992, machte er sich zum letzten Mal in seinem Leben auf den Weg. Er wollte an den nordnordwestlichen Rand der Landmasse, wo er früher oder später nicht weiterkommen würde, es sei denn, er lernte die Kunst, auf dem Wasser zu gehen. Alaska.

In diesem Jahr brach das Eis spät auf. Als das Wasser im Mai wieder zu sprudeln begann, hatte Alex den Denali-Nationalpark durchquert. Nach einer Reihe von Pannen war er gezwungen, in den rostigen Bus zurückzukehren, in dem er während der letzten Winterwochen Schutz gesucht hatte. Der Sommer kam, er lebte von Pilzen, Beeren und Wasser. Er las *Doktor Schiwago* und schrieb am 5. August – erschöpft, aber begeistert – in sein Notizbuch: »Tag 100!« Dreizehn Tage später war er tot. Seit er acht Monate zuvor seinen Führerschein erneuert hatte, hatte er fast vierzig Kilo abgenommen; jetzt wog er nur noch etwas über dreißig. An der Tür des Busses hing die herausgerissene Rückseite eines Gogol-Romans. Darauf hatte er seine letzte Botschaft an die Zivilisation gekritzelt – ein SOS – und mit seinem richtigen Namen unterschrieben.

Es ist nicht übertrieben zu sagen, dass der Artikel in *The New Yorker* meinen Wunsch, Romane zu schreiben, geweckt hat. Bis dahin hatte ich nur poetische Prosa und Essays veröffentlicht. Ich habe mehrere Ansätze ausprobiert, aber nie den richtigen gefunden; als 1997 eine Reportage über McCandless' Schicksal veröffentlicht wurde, habe ich die Arbeit abgebrochen. Obwohl ich das Buch bei Amazon bestellte, brach ich die Versiegelung nie, wahrscheinlich aus Aberglauben. Zehn Jahre später wurde es von Sean Penn verfilmt. Auch den Film habe ich nicht gesehen, als er in die Kinos kam, aber ein paar Jahre später kaufte ich die DVD –

sogar zwei Exemplare. Auch sie habe ich unangerührt in ihren Hüllen gelassen. Nun war ich mehr als doppelt so alt wie der Einundzwanzigjährige und hatte mich so weit von seiner Besessenheit entfernt, dass ich mich mit seinem Schicksal nicht mehr identifizieren konnte. Die Erinnerung an den misslungenen Roman brachte mich allerdings immer noch dazu, ihn beschützen zu wollen. Als ob mein ursprünglicher Traum, und McCandless, nur dann intakt blieben, wenn ich das Zellophan nicht zerriss.

Als ich bei einem Umzug die Verpackungen fand, wurde die Phantasie von der Unabhängigkeit jedoch neu entfacht. Inzwischen steckte ich in dem, was mein vierter Roman werden sollte. Ich erinnerte mich nicht mehr an Einzelheiten aus dem Leben von McCandless, aber das machte wenig. Alles, was ich brauchte, war das, was meine ursprüngliche Identifikation ausgelöst hatte: dieser Wunsch, sich von allem und jedem zu lösen, koste es, was es wolle. Ich verband ihn mit der einunddreißigsten Linie des Kompasses, will sagen: mit Nord-Nordwest, sowie mit einem Namen: Alaska.

Bis heute fällt es mir schwer, »Alaska« zu lesen oder zu schreiben, ohne das widerspenstige Verlangen zu verspüren, das ich anfangs zitierte – das heißt, den Wunsch, »ein Mensch ohne Geschichte« zu werden. Freilich habe ich die Passage überarbeitet und auch weiter in das Buch hineingeschoben. Der Sechsjährige mit dem rußigen Plüschteddy in der Hand hat seinen Namen verloren und der Erzähler außerdem das Geschlecht gewechselt. Aber die größte Änderung hatte nichts mit dem Stil oder der Struktur von *Mary* zu tun, wie der Roman bei seiner Veröffentlichung 2015 hieß, sondern mit der Windrose. Alaska war nicht mehr der Name eines selbstgewählten Exils im Nord-Nordwesten der Vereinigten Staaten, sondern einer unfreiwilligen Isolation im Süd-Südosten Europas.

Marys älterer Bruder Theo, der schwul ist, verlässt sowohl seine Familie als auch ihre namenlose Heimat, die von Obristen geführt wird. Er macht sich auf den Weg über den Atlantik, möglicherweise bis zum entferntesten Rand der nordamerikanischen Landmasse. Seine Schwester teilt diesen Wunsch, den schädlichen Bindungen zu entkommen, die ihr Aufwachsen in einem konservativen Elternhaus prägten. »Alles« sei besser, gibt sie zu, als »in dieser privaten Version von Kirche, Familie und unserer heiligen Nation, wie das Militär es nennt, erstickt zu werden«. Doch als Mary an einem Novemberabend 1973 vor der Technischen Hochschule verhaftet wird, hat sie gerade erfahren, dass sie schwanger ist. Sie muss sowohl ihren Freund, einen der Anführer des Studentenaufstands, als auch den Fötus, den sie in sich trägt, schützen, und sie versteht, dies wird ihr nur gelingen, wenn sie schweigt. Doch die Zeit arbeitet gegen sie. Je länger sie festgehalten wird – zunächst im berüchtigten Hauptquartier der Sicherheitspolizei, später auf einer unbewohnten Insel, wo sie mit fünf anderen Frauen das kurz vor der Wiedereröffnung stehende Gefängnis putzen muss –, je länger diese Zeit dauert, desto deutlicher wird sich zeigen, dass sie schwanger ist. Was bedeutet, dass sie über die Rolle ihres Freundes bei der Revolte erpresst werden kann, und falls sie sich nicht zur Zusammenarbeit bereit zeigen sollte, könnte das Baby zur Adoption durch ein kinderloses, aber regimetreues Paar freigegeben werden.

Marys schweigender Widerstand provoziert die Militärs, die sie nach zunehmender Gewalt schließlich von den anderen Frauen isolieren. Die Strafe ist hart, aber zumindest ermöglicht sie ihr, die Schwangerschaft über den dritten, sogar vierten Monat hinaus geheim zu halten – und dem Autor eine Existenz ohne soziale Kontakte, aber dennoch mit Bindungen zu schildern. Mary nennt den Zementschuppen, in dem sie ihre Tage verbringt und der bei der Müllhalde und dem Friedhof der Insel liegt, Alaska.

Im Laufe der Jahrzehnte zwischen dem ursprünglichen Versuch, den Traum von einer Existenz jenseits von allem und jedem zu schildern, und den albtraumhaften Bedingungen des Außenseiterdaseins auf einer Gefängnisinsel, die der von Jaros in den Kykladen ähnelt, hatte sich meine Sicht auf Alaska verändert. Der Name stand immer noch für einen Ort, geprägt von *splendid isolation*. Aber der Schnee war durch weißgestrichenen Zement ersetzt worden, der Protagonist war nicht mehr ein hungernder Jugendlicher, sondern eine schwangere Frau, und das bodenlose Blatt Papier, das mir wohl auf allegorischer Ebene vorschwebte, hatte sich in die Schlucht aus stinkendem Müll verwandelt, die Mary vom Friedhof trennte.

Alles war vertraut und dennoch fremd. Endlich schrieb ich so, wie ich es gewollt, aber nicht vermocht hatte, weil ich mir selbst im Weg gestanden hatte. Es fühlte sich seltsam befreiend an, dass die Himmelsrichtung nun in der entgegengesetzten Richtung lag. Und dass der Junge mit dem Teddybär, von dem ich geträumt hatte, dieser »Moise«, mit dem ich eine neue Zeitrechnung einläuten wollte, keinen Namen mehr trug. Das Kind ist nicht einmal geboren, als Mary sich auf den weißen Boden des Schuppens legt, wo sie spürt, wie sich die Welt nicht nach außen, sondern nach innen öffnet:

Der Zement ist zwar nicht weicher, aber seltsamerweise geschieht dort etwas, was im Bett nie eintrifft. Während ich mich strecke, wünsche ich mir so intensiv, dass mein Körper die Gestalt des Untergrunds annehmen, ebenso stark und unnachgiebig werden möge, dass ich minutenlang das Gefühl habe zu verschwinden. Ich weiß, das klingt verrückt, und ich habe keine Ahnung, wie es funktioniert, aber ich sinke durch den Zement, die Felsplatten und das Grundwasser, und werde dabei gleichzeitig durch die Decke gehoben und schwebe in den Wind und den Nachthimmel hinaus. Wo ich mich in diesen Minuten befinde, vermag ich nicht zu sagen.

Ich vermag nicht einmal zu sagen, wer ich bin. Ich weiß nur, dass ich nicht enden würde, falls ich aufhören sollte.

Zwanzig-plus Jahre, nachdem ich zum ersten Mal von Chris McCandless las, hatte ich gelernt, dass es möglich ist, in einem Text zu verschwinden, ohne unterzugehen. Und dass die stärksten Bindungen dort waren, im Ungesagten, das nur Anfänger als Schnee betrachten.

FISTON MWANZA MUJILA

Zwei, drei Dinge zum Tod

Es gibt verschiedene Arten zu leben, ebenso wie man auf tausenderlei Weise krepieren kann. Man kann an einer Kugel im Kopf sterben wie Daddy Tshisumpa. Man kann an Krebs sterben, ein Beispiel ist mein Vater. Man kann an Leberzirrhose sterben, wie einer meiner Onkel es uns vorgemacht hat. Man kann an Altersschwäche sterben nach Art meiner Urgroßmutter Mpinda Mwanza. Man kann bei einer Kindsgeburt sterben wie meine Cousine Bi-Omba. Sie entbindet Zwillinge, und wenige Stunden darauf stirbt sie. Man kann bei einem Verkehrsunfall sterben, durch Erhängen, bei einem Erdrutsch, man kann ertrinken, an Malaria sterben, an der Vogelgrippe, an der Schwindsucht oder am Fleckfieber … Man kann im Mutterleib verenden, mit zwei Monaten, mit zehn Monaten, man kann genauso mit 35 gehen wie mit 102. Der Tod ist das größte Lottospiel. Jeder zu seiner Zeit. Jede Stunde, jede Minute, jede Sekunde kommen Leute um, treten auf alle möglichen Arten ab. Während ich diese Zeilen schreibe, liegen Menschen im Sterben, andere sind gestern verstorben und vorgestern, und morgen werden ihnen wieder andere folgen, als wäre nichts passiert.

Was mich betrifft, so möchte ich mit Ihnen aufrichtig sein. Ich kenne mein Verfallsdatum nicht und auch nicht die Umstände, unter denen ich mich vom Acker machen werde. Bestimmt (das jedenfalls versuche ich mir widerstrebend selbst einzureden) werde ich an Herzversagen sterben. Einen solchen Abgang finde ich poetischer oder besser gesagt anarchischer. Du bist mitten im Gespräch, du bist dabei, ein Bierchen zu trinken oder Liebe zu machen, und hoppla, da lässt dich dein Herz im Stich, und du bist am anderen Ufer. Folglich werden deine Angehörigen, wenn sie von deinem Ableben hören, es natürlich kaum glauben. Sie kommen aus dem Staunen nicht heraus:

– Unsinn, er ist nicht tot!

– Na, sowas!

– Ich war doch mit ihm verabredet …

– Was für ein Verlust!

– Das Herz, sagen Sie?

– Er ist nicht gestorben!

– Ich habe ihn doch gestern gesehen!

– Heute Nachmittag, und da hatte er noch sein breites Lächeln!

Seit ich mein Gepäck in Europa abgestellt und beschlossen habe, mich dort niederzulassen, wurde der Tod allmählich zu meinem Lieblingsthema. Ich erwähne ihn mit ebensolcher Leidenschaft, wie andere auf die Literatur zu sprechen kommen, auf die Malerei, auf Fußball oder klassische Musik. Tatsächlich fühlte ich mich nämlich damit konfrontiert, kaum dass ich aus dem Flugzeug gestiegen war. Ich fürchtete zu sterben und (kurzerhand) im Westen begraben zu werden. Da, wo ich in Afrika herkomme, gibt es die Tradition, jemanden, der im Ausland verstorben ist, unbedingt in der Erde seiner Vorfahren zur Ruhe zu legen, andernfalls wird seine Seele für immer umherirren und im Exil bleiben. Falls der Leichnam nicht überführt werden kann, soll man deshalb die Fingernägel oder sogar die Haare nach Hause schicken, auf dass der Verstorbene einen tiefen ewigen Schlaf findet.

Meine Furcht (ich sollte lieber von Beklemmung sprechen, gepaart mit einer gewissen Obsession zu sterben), in

Europa zu verenden, steigerte sich im Crescendo. Wenn ich ein Bier trank, kam es mir vor, als wäre es mein allerletztes. Beim Spazieren durch die Straßen überfielen mich finstere Gedanken. Ich hatte Angst davor, von einer Karre plattgefahren zu werden, oder dass jemand aus dem Nichts auftaucht und mit einem Küchenmesser auf mich losgeht. Nachts tat ich kein Auge zu, aus Angst, tags drauf nicht mehr aufzuwachen. Wenn ich krank wurde, meinte ich draufzugehen. Ich kontrollierte gewissenhaft, was ich zu mir nahm, und vermied Exzesse. Wenn ich mich langweilte, dachte ich über meine Beerdigung nach. Auf welchem Friedhof man mich wohl begraben würde, in welcher Kleidung, ob zu meiner Aufbahrung Musik gespielt würde oder nicht … Bei all dem schauderte mir, vor allem bei der Vorstellung, mein Leben könnte im ewigen Umherirren enden. Daher nahm ich eines Tages ein Blatt Papier zur Hand und kritzelte meinen letzten Willen darauf, im Kongo beerdigt zu werden, sollte ich in Europa draufgehen, mit der Einschränkung, dass, wenn das nicht möglich wäre, man doch bitte wenigstens meinen Bart oder meine Haare überführen möge. Diesen Zettel trug ich ständig bei mir. Er war weitaus mehr wert als mein Reisepass.

Ich bin noch nicht tot, aber es gibt Tage, da scheint es mir so, als wäre ich es. Das Exil (in seinem umfassenden Sinn) kommt einer Beraubung gleich, einer Zerstückelung, einer Kastration. Es ist ein sanftes Sterben, ein Tod durch Erhängen, ein Suizid aus freien Stücken oder durch ein Unglück. Im Exil zu leben, bedeutet Tag für Tag zu sterben. In der traditionellen afrikanischen Gesellschaft konnte ein Einzelner aus der Gemeinschaft verbannt werden, wenn er mehr als verwerfliche Taten verübte. Die Verbannung galt als eine der schlimmsten Bestrafungen. Er war gezwungen, seine

Familie zu verlassen, seine Freunde, seine Heimat. Und er fing an zu schreien, zu heulen und zu flehen: »Erbarmen, lasst mich bei euch bleiben. Ich will alles tun, um mich zu bessern!« Man erwiderte ihm: »Geh! Du bist keiner mehr von uns. Du gehörst nicht mehr zu unserer Sippe.«

Für uns, die wir fernab von unseren Ländern leben, ist ein solcher Eindruck (nicht mehr zu deren Welt dazuzugehören) noch erlebbar, sobald du nämlich in deine Heimatstadt zurückkehrst, spürst du es an der Art, wie die Leute nach dir schielen, mit dir reden oder Handel treiben. Sie wissen, dass du zurückgehen wirst, woher du gekommen bist; sie wissen ganz genau (und du auch), dass du nicht mehr zu ihrer Welt gehörst; sie wissen, dass ihr, abgesehen vielleicht von der Nationalität, dem Namen und einer verschwommenen Vergangenheit, nichts gemeinsam habt. Du warst nicht auf ihren Beerdigungen, du hast dich nicht auf ihren Hochzeiten, Kindstaufen, Geburten, Zweithochzeiten oder bei anderen glücklichen Ereignissen blicken lassen … Selbst wenn du jeden Tag in deine Heimat zurückkommst, weißt du und wissen sie (verhängnisvolles offenes Geheimnis), dass ihr auf zwei verschiedenen Planeten lebt. Einmal bezeichnete mich in Lubumbashi bei einem Bier (ohne ersichtlichen Grund) ein Freund als Gespenst (mufu, auf Suaheli), nur weil ich in Europa wohne. Als die anderen das Wort hörten, brachen sie in schallendes Gelächter aus! Der Begriff mufu oder Gespenst birgt eine Zweideutigkeit. Er bezeichnet einen Verschwundenen (das kann jemand sein, den man gemocht hat, mit dem man zusammengelebt hat und glücklich war), aber diese Person kehrt im Status eines Gespensts oder Geistes wieder, um Chaos zu stiften oder Pech zu bringen. Man fürchtet das Gespenst, denn es gilt als ein unsichtbares Wesen, begabt mit ungeahnten bösen Kräften.

Es gibt kein glückliches Exil, so heißt es. Mit den Jahren (und den Missgeschicken) ist mir klar geworden, dass ich in meinem Heimatland immer den grotesken Status eines Gespensts, eines Geistes zugewiesen bekommen werde … Ebenso ist mir nicht entgangen, dass ich in Europa (wahrscheinlich für immer) ein Schwarzer, für einige ein Neger, jedenfalls ein Ausländer bleiben werde. Übrigens wurde ich im nämlichen Europa überhaupt zum ersten Mal im Leben zu einem Schwarzen oder einem Neger. In Afrika hat nie irgendwer diese Bezeichnungen auf mich angewandt. Dieses Unterscheidungsmerkmal als schwarzer Mensch kristallisiert sich beim Kontakt mit dem Westen heraus. Ich kann mich noch entsinnen, wie ich meine Mutter anrief, um ihr von meiner Entdeckung zu berichten. Mutter, weißt du was?, versuchte ich ihre Neugier zu wecken. Sprich, ich höre dir zu, Mwanza, gab sie zurück. Ich bin schwarz, Mama … Sie blieb lange völlig stumm, ehe sie laut loslachte.

Kehren wir zu meinem Lieblingsthema zurück, dem Tod. Ich glaube, die Geburt meines Sohnes hat dazu geführt, dass meine Angst, in Europa zu sterben und folglich ein ewig Umherirrender zu bleiben, über Bord ging oder jedenfalls aufhörte. Das war 2014. Es setzte eine neue Erinnerung ein. Mir machte die Vorstellung, meinen Weg in Europa zu beenden, keine Angst mehr. Ich fing an, mir meine Beerdigung (ohne zu frösteln) auf einem österreichischen Friedhof auszumalen. Sieben Jahre später sorgte jedoch der Tod meines Vaters dafür, dass der Zähler auf null zurücksprang. Jedes Mal, wenn ich sein Grab besuche, stelle ich mir vor, wie schön es doch wäre, zu schön, auf demselben Friedhof bestattet zu sein wie die eigenen Onkel,

Tanten, Cousins, der eigene Vater, die eigene Großmutter … Es tauchte wieder die Frage aus der ersten Zeit auf, als ich in Europa ankam, und das mit aller Brutalität: Wo werde ich begraben liegen? Wenn die Antwort nur von mir abhinge, wünschte ich (wie ich es in einem Gedicht geschrieben habe), dass mein Kopf in Katanga beerdigt wird, wo ich das Licht der Welt erblickte; mein Bauch in Kasaï, der Herkunftsregion meiner Großeltern; meine Füße in Österreich, dem Land, von wo ich aufbreche, um der Welt zu begegnen und sie zu erobern; mein Geschlecht in Moskau, meine Zähne in Dakar, mein Hals in Ouagadougou, meine Zehen im Kongo-Fluss … Ich kann mir indes nur schwerlich vorstellen, dass irgendjemand auf diese Marotten eines verwöhnten Kindes eingehen wird.

Übersetzt von Elisabeth Müller

ANNA KIM

Ost und West

Mein Leben wurde von zwei Himmelsrichtungen geprägt, Ost und West; vom Osten und Westen stärker als vom Norden und Süden. Im Wien der achtziger und neunziger Jahre war der Osten eine Quelle der Bedrohung und des Bösen, die behauptete Gefahr und der Rückschritt, den der Osten verkörperte, *manifestierte* sich, so der allgemeine Konsens, 1986 mit der Nuklearkatastrophe von Tschernobyl. Ab diesem Zeitpunkt wurden die Ressentiments, die vorher bloß angedeutet worden waren, offen und mit Überzeugung ausgesprochen. Schwarz und Weiß: dass das Eine das Andere bedingt, wird selten thematisiert –

Während der Osten die Kehrseite war, war der Westen die gute Seite: Alles Gute kam vom Westen und befand sich im Westen. Die Wienerinnen und Wiener legten großen Wert darauf, zum Westen zu gehören, zum *äußersten Westen*, wie man hierzulande gerne einschränkte, *aber immer noch* zum Westen. Der Osten fing an der österreichischen Staatsgrenze an, dazwischen lag glücklicherweise noch ein Bundesland, Niederösterreich. Dahinter war, wie er damals hieß, der »Ostblock«. Dass dieses West-Ost-Verhältnis mit der Süd-Nord-Beziehung meines Herkunftslandes eng verflochten war, wusste ich damals noch nicht. Als Kind wusste ich nicht einmal, dass es ein Nord- und Südkorea gab, in meiner Familie wurde ausschließlich von Korea gesprochen – in der Wohnung Nummer 9 im dritten Stock der Fasangartengasse 49 war die Heimat meiner Eltern nicht geteilt. Warum der Norden gegen den Süden und der Süden gegen den Norden gekämpft hatte, erklärten sie nicht, auf mein Insistieren sagten sie nur, sie, meine Mutter, hätte vor der herannahenden Volksarmee in die Berge fliehen müssen, und er, mein Vater, hätte wegen des Krieges seinen ältesten Bruder verloren, der gerade erst 18 Jahre alt gewesen war. Viele Jahre später, im Zuge der Recherchen für meinen Roman *Die große Heimkehr*, erfuhr ich, dass manche Familien ihre Söhne vom Militärdienst freikauften; ob die Familie meines Vaters überhaupt die Möglichkeit hatte, weiß ich allerdings nicht, diese zukaufbaren Optionen entstanden erst im weiteren Kriegsverlauf.

1988 kehrte ich das erste Mal, seit ich als Zweijährige den Fernen Osten verlassen hatte, nach Seoul zurück, und die Reise blieb mir im Gedächtnis, nicht nur, weil dies mein allererster Flug war, sondern weil er 22 Stunden lang dauerte. In Anchorage gab es eine Zwischenlandung, da die Maschine aufgetankt werden musste, und ich verbrachte die Zeit damit, durch die Flughalle laufend nach Schnee zu suchen, ich dachte, in Alaska gäbe es zwölf Monate im Jahr Schnee und Eis; ich war zehn Jahre alt. Diese Suche nach Schnee und Eis setzte sich in meiner Vorstellung fest, ihr entsprang der Wunsch, den Ort zu sehen, einen Ort zu sehen, an dem ewiger Winter herrscht; so wurde der Norden für mich die Himmelsrichtung, in die es mich fortan ziehen sollte, die Sehnsuchts-Himmelsrichtung, wenn man so will, deshalb entstand der Roman *Anatomie einer Nacht*, der in Grönland spielt.

Warum die Reise damals 22 Stunden lang dauerte und nicht wie heute 13 Stunden, stellte ich 1988 nicht in Frage; wenn meine Eltern von Korea gesprochen hatten, war mir das Land stets unendlich fern erschienen, 22 Stunden waren im Vergleich dazu überraschend kurz. Wieder dauerte es fast zwanzig Jahre, bis ich verstehen sollte, warum. Heute frage ich mich, ob es nicht diese Rätsel in meinem Leben waren, die Dinge, die ich mir nicht erklären konnte, die dazu führten, dass ich mich nicht bloß in einem, sondern in zwei Büchern mit dem Kalten Krieg bzw. den Auswirkungen des Kalten Krieges beschäftigte. Etwa die Tatsache, dass meine Eltern gegenüber ihren Landsleuten stets, wie ich selbst als Kind dachte, reserviert waren, im Grunde mieden sie sie; die Tatsache, dass sie fast nie über Nordkorea sprachen und sprechen. Ihr Schweigen steht in einem auffälligen Gegensatz zur Phrase *wie in Nordkorea*, die besonders bei österreichischen Politikern und Menschen beliebt ist, die in Innen- wie Außenpolitikforen von Tageszeitungen Kommentare hinterlassen; was diesen Personen nicht klar ist oder worüber sie sich ihre Köpfe nicht zerbrechen wollen, ist, dass genau diese in ihren Augen humoristische oder satirische (?) Annäherung an Nordkorea eine Verharmlosung einer extrem grausamen Diktatur darstellt: Kim Jong-Un mag wie eine Witzfigur aussehen, wie eine Karikatur, er mag Fotos liefern, die aus einem Super Hero Movie stammen könnten oder aus einem James-Bond-Film der 1970er Jahre, aber das ist zum einen Genetik, zum anderen Kalkül. Jedes Mal, wenn wir über ihn lächeln, kichern oder lachen, hat er es geschafft. Er hat es geschafft, dass wir ihn nicht ernst nehmen, seine Verbrechen nicht ernst nehmen, seine Opfer nicht ernst nehmen. Er hat es geschafft, dass wir ihn und seine Pläne unterschätzen. Und so hat er sich wieder ein paar Tage mehr erlacht, in denen er seine kriminellen Unternehmungen weiterführen kann. Denn genau das ist er: ein Massenmörder und Verbrecher in der dritten Generation – seine Familie mordet seit 1945.

Daran denke ich, wenn ich Norden und Süden höre, dann höre ich gleichzeitig Osten und Westen; ich denke an das geteilte Korea, das nicht geteilt wäre, hätte es keinen Imperialismus gegeben, keinen Kolonialismus, keinen Kalten Krieg. Ich denke auch an die Aktion *Die große Heimkehr*, von der ich im gleichnamigen Roman erzählt habe: von der Repatriierung von schlussendlich 90 000 koreanischen Japanerinnen und Japanern nach Nordkorea. An dieser Aktion zeigt sich, wie infam der Großvater des heutigen nordkoreanischen Diktators war. Kim Il Sung war geradezu meisterhaft darin, sich Vorteile durch globale (diplomatische) Krisen zu verschaffen.

Nach der Niederlage Japans 1945 war nicht nur die Welt in Europa im Umbruch, auch in Südostasien war vieles nicht mehr so, wie es vorher gewesen war. Japan zog sich aus seinen asiatischen Kolonien zurück, was in Korea ein Machtvakuum hinterließ, das mit Billigung der USA mit Rhee Syngman gefüllt wurde. Die Koreaner und Koreanerinnen, die in Japan gelebt und gearbeitet hatten, sei es freiwillig, sei es gezwungenermaßen, versuchten in ihre Heimat zurückzukehren. Viele konnten sich dies aber schlicht und einfach nicht leisten. Sie blieben in Japan stecken. In den folgenden Jahren verschlechterte sich ihre ökonomische Situation, da der japanische Staat schließlich auch keine Sozialleistungen mehr an sie zahlte, waren sie doch – von einem Tag auf den anderen – keine japanischen Staatsbürger mehr, sondern Ausländer. Es kam zu Verhandlungen zwischen Japan und Korea, in denen diese Menschen jedoch keine wichtige Rolle spielten; wenn die Rede auf sie kam, erklärte Rhee Syngman, nicht an ihnen interessiert zu sein, es seien ja Japaner. Rhee hatte zu der Zeit selbst etliche innenpolitische Probleme, sein größtes Problem war Machtverlust. Im Norden hatten sich die Kommunisten ausgebreitet und ihre Basis gefestigt, nur mit Hilfe der Amerikaner schaffte Rhee es, sie im Süden in Schach zu halten – was so viel hieß wie: Er ließ ihre Repräsentanten und schließlich auch sie selbst ermorden.

Es kam zum Koreakrieg 1950, der drei Jahre dauerte, und zum Waffenstillstand 1953, der noch immer andauert. Eine Grenze wurde gezogen, aus einem Land wurden zwei, und ab sofort musste Japan mit zwei koreanischen Politikern über die Repatriierung der verbliebenen mehr als 500 000 koreanischen Japaner, der sogenannten Zainichi, verhandeln. Rhee weigerte sich nach wie vor, auch nur einen zu nehmen, Kim Il Sung hingegen erklärte sich plötzlich, nachdem er sich jahrelang ebenfalls geweigert hatte, mit der Begründung, es könnten Spione unter den *Zuwanderern* sein, bereit, nicht bloß einen Teil, sondern alle aufzunehmen. In Zusammenarbeit mit dem Japanischen Roten Kreuz und dem Internationalen Komitee des Roten Kreuzes wurde die Rückholaktion gestartet, das Versprechen, das Kim gab, war nichts Geringeres als Heimat. Eine Heimat für all jene, die bislang keine gehabt hatten. Eine Heimat für die Diskriminierten, eine Heimat für die politisch verfolgten Kommunisten, eine Heimat für die sozial Schwachen.

Das Perfide war, dass die Menschen, die sich für eine Rückkehr meldeten, ihr gesamtes Hab und Gut dem nordkoreanischen Staat überschreiben mussten: Sämtliche Besitztümer, die sie in Japan besessen hatten, mussten sie bei der Abreise abgeben. Es wurde ihnen gesagt, dies sei gleichsam eine Anzahlung für die Wohnung, den Arbeitsplatz, die Schulkosten und Lebenskosten, die sie in Nordkorea erwarten könnten.

Die Aktion war erfolgreich. Sie wurde in japanischen Tageszeitungen beworben, da viele Zainichi gar nicht mehr Koreanisch sprachen. Es meldeten sich so viele Menschen, dass die Aktion bis in die 1980er Jahre lief, unter der Überwachung des Internationalen Roten Kreuzes. Manche fanden eine Heimat, eine Gemeinschaft, manche wurden enttäuscht, konnten aber nicht mehr nach Japan zurückkehren, da sie dieses Recht gemeinsam mit ihrem Besitz aufgegeben hatten. Und manche kamen gar nicht dazu, eine Heimat zu finden, sie wurden, angekommen in der neuen Heimat, zu Zwangsarbeit verurteilt und starben in Arbeitslagern. Es war dem nordkoreanischen Staat nur um ihr Erspartes gegangen und um ihre Arbeitskraft.

Die Aktion *Die große Heimkehr* ist für mich ein sowohl hochkomplexes als auch drastisches Beispiel für das dem Kampf zwischen Ost und West geopferte Individuum. Wobei sich Kim Il Sung zu dem Zeitpunkt bereits von marxistischer oder kommunistischer Lehre weit entfernt hatte, ihm ging es um Absolutismus. Er wusste nur schon damals, wie er sich am besten hinter einer Ideologie verstecken, wie er sich vermarkten konnte.

Der Krieg in der Ukraine hat die Fronten, die nie verschwunden, aber doch blasser geworden waren, wieder deutlich gemacht. Russland sucht erneut nach Mitstreitern. Das war 1945 bereits der Fall, das ist heute nicht anders. Genau wie damals hat sich Nordkorea sofort gemeldet. Heute sind allerdings auch Syrien, Belarus, Nicaragua, Eritrea und Mali an Russlands Seite, um nur ein paar zu nennen. Serbien, wie sich im aktuellen Konflikt im Kosovo gezeigt hat, auch. Indien, die Türkei und China scheinen unentschieden. Ich betrachte diese Verschiebung der Fronten und frage mich, ob ich wieder 22 Stunden fliegen werde müssen, wenn ich das nächste Mal nach Seoul möchte; und das ist nur die geringste der möglichen Auswirkungen, ein Witz, wenn man so will.

ALAIN MABANCKOU

Die Welt ist meine Sprache

Es ist beinahe selbstverständlich, dass der Schwarze afrikanische Schriftsteller einen *Auftrag*, einen *Grund* zu schreiben haben sollte. Man verlangt von ihm, die schmerzhafte Geschichte seines Kontinents zu bezeugen, Militanz zu zeigen. Das gilt auch in den sogenannten Entwicklungsländern, deren Künstler als Sprachrohre ihrer Gesellschaft betrachtet werden. Von den weißen Schriftstellern fordert man das nie ein. Meine Freiheit habe ich mir errungen, indem ich meine Geschichte studiert habe, indem ich auch die Geschichte Europas, gar die der Welt studiert habe. Und ich sah, wie sich die Zivilisationen begegnet sind. Man bemerkt zum Beispiel ein großes Interesse für Schwarze Kulturen im Europa der 1920er bis 1930er Jahre … Ich denke an Maler wie Picasso, Braque, die die »art nègre« dank der Ethnographie entdecken. In ihren Ateliers haben sie afrikanische Statuen und Masken und werden davon inspiriert. Ich denke auch an die Schwarzen amerikanischen Musiker, die in Paris ankommen und den Europäern den Jazz bringen. Sie sorgen für den Erfolg der *Revue nègre*, der 1925 in Paris entstandenen Show, im Théâtre des Champs-Elysées, wo Josephine Baker auftrat. Die europäischen surrealistischen Schriftsteller und Maler gehen zum *Bal Nègre* in der Nähe des Montparnasse, wo sie Sidney Bechet zuhören und mit den Afrikanern und Antillanern Charleston tanzen. Der Schweizer Schriftsteller Blaise Cendrars veröffentlicht 1921 eine *Anthologie nègre*, in der er afrikanische Erzählungen der mündlichen Erzähltradition sammelt … Hinzukommt noch die Popularität der »Force Noire«, das Regiment der afrikanischen Kämpfer aus den Kolonien, das sich während des Kriegs 1914–18 einen Namen machte … All das bereitete die Franzosen – die Aufgeschlossensten von ihnen, natürlich – darauf vor, einen anderen Blick auf den anderen, auf den Schwarzen zu entwickeln: Man sieht ihn nicht mehr als Wilden, als Fremden, sondern als Träger von Geschichte, Kunst und Kultur. Er wird zum Gegenstand von Forschungen, die die Rassenvorurteile des 19. Jahrhunderts verwandeln werden – Vorurteile, die gut durch die Banania-Werbung von 1917 mit ihrem verheerenden Slogan ausgedrückt werden.

In den 1930er Jahren äußert sich immer mehr, was ich den »Schwarzen Stolz« nenne, der sich in der Bejahung der »Négritude« zeigt. Es ist eine zugleich literarische, intellektuelle und antikolonialistische Bewegung, lanciert durch den Senegalesen Léopold Sédar Senghor, den Guyaner Léon-Gontram Damas und den Martinikaner Aimé Césaire. Letzterer definiert die Négritude als »Zurückweisung eines gewissen Bildes des friedlichen Schwarzen, unfähig eine Zivilisation zu errichten«. … In der Folgezeit gewinnt diese Bewegung an Reichweite, bis zur Geburt der Zeitschrift und des Verlags Présence Africaine 1947 und 1949, gegründet durch den senegalesischen Intellektuellen Alioune Diop und noch immer aktiv heute, übrigens nur ein paar Schritte vom Collège de France entfernt! Auf ihre Initiative hin wird 1956 an der Sorbonne, im berühmten Amphitheater Richelieu, der »erste Kongress Schwarzer Schriftsteller und Künstler« abgehalten, wo man die Schwarzen Amerikaner, unter anderen James Baldwin, Josephine Baker, Richard Wright, neben Senghor, Césaire, aber auch frankophonen Autoren wie dem Malier Amadou Hampâté Bâ, dem Kameruner Mongo Béti oder auch dem Haitianer

Jacques-Stephen Alexis findet … Présence Africaine wird dann von den bedeutendsten französischen Intellektuellen, namentlich André Gide, Michel Leiris, Théodore Monod, Jean-Paul Sartre, Albert Camus … als Verlag legitimiert.

Es war nicht nur eine Geschichte von Haut und Farbe, sondern eine ganze Denkrichtung, die die Beziehung von Kolonisiertem und Kolonisator, geprägt durch die Hegemonie der weißen Zivilisation, in Frage stellte. Die Afrikaner ergriffen ihrerseits das Wort, während das kolonialistische Europa lange definiert hatte, was Afrika sei. In diesem Sinn bestätigte der Kongress von 1956 einen historischen Moment, in dem afrikanische Schriftsteller Afrika als Quelle des künstlerischen Schaffens zurückeroberten. Er wertete ein Sprechen auf, das nie gehört worden war, und legte den Grundstein für die afrikanische Literatur nach der Kolonialzeit.

Eine neue Literatur erscheint. Sie wirft einen klinischen und sehr kritischen Blick auf die postkoloniale Situation, die den Afrikanern Licht und eine gewisse Autonomie hätte bringen sollen. Der Weiße ist fort, aber die Schwarzen, die sie an der Staatsspitze ersetzt haben, machen es nicht besser. Mehrere Bücher ziehen eine bittere Bilanz, wie *Le Soleil des Indépendances* (1968) des Ivorers Ahmadou Kourouma, *Le Devoir de Violence* (Prix Renaudot 1968) des Maliers Yambo Ouologuem, *La vie et demie* (1979) und *Le Pleureur-rire* (1982) der Kongolesen Sony Labou Tansi und Henri Lopès, *Les Crapauds-brousse* (1979) und *Le cercle des tropiques* (1972) der Guineer Tierno Monénembo und Alioum Fantouré. Ohne darum die Kolonialzeit zu vermissen, zeigen die Schriftsteller, dass die staatlichen Unabhängigkeiten nicht den Erwartungen entsprachen und sogar diktatorische Regierungen hervorbrachten, die sich in ganz Afrika einnisteten. Wir treten in die Zeit des Afropessimismus ein.

In den 1990er Jahren gibt die Literatur, die die Diktaturen darstellte, den Staffelstab an immigrierte Schriftsteller weiter, Reisende, die zwischen Afrika und Europa navigieren. Sie werfen einen neuen Blick auf die französische Gesellschaft. Diese Literatur analysiert die Immigration, die Gegenwart, die Situation des Eingewanderten, seinen Schmerz, seine Begegnungen, sie strebt danach, sich von der Weiß-Schwarz-Problematik zu lösen, die zu sehr erwartet wird, wenn ein Afrikaner die Feder ergreift.

Wenn ich die Kolonialisierung beschuldigen darf, darf ich mich auch hinsichtlich meiner eigenen Verantwortung für das, was ich bin, befragen. Der Unterschied zwischen den Schriftstellern der Négritude und denen heute besteht darin, dass man damals annahm, die afrikanischen Wurzeln sollten im Grunde genommen die Situation des Schwarzen Menschen erklären. Heute kann der Afrikaner sich nicht mehr mit seiner Négritude zufriedengeben, um seinen Platz in der Welt zu bestimmen. Wenn ich einen senegalesischen Autor treffe, sprechen wir Französisch. Die Kolonialisierung hat diese Begegnung zweier Schwarzer Schriftsteller möglich gemacht. Sich hinter dem Kolonialismus und den ausschließlich identitär verstandenen Auffassungen von Kultur und Hautfarbe zu verstecken, scheint mir jedoch eine selbstmörderische Haltung, die es nicht zulässt, sich für ein Anderswo zu interessieren. Unsere Intelligenz bemisst sich an unserer Fähigkeit, anderen Zivilisationen zu begegnen, daraus eine Art Inventar zu machen, das es uns erlaubt, uns zu definieren und unserem Schicksal eine Richtung zu geben …

Die Verbissenheit der europäischen Politik in die Frage der Immigration ist eine Art Undankbarkeit, deren Gründe ich mir nicht erklären kann. Wir kannten ein Frankreich, das glücklich war über die Anwesenheit der Afrikaner, gekommen, um ihm bei der Befreiung während der Weltkriege zu helfen. Man erkennt heute an, wie viel die afrikanischen Arbeiter zum Wiederaufbau des Landes nach dem Krieg beigetragen haben. Man entdeckt und entdeckt von neuem all die afrikanischen Schriftsteller, die Frankreichs Ausstrahlung geformt haben. Wenn ich also manche zu uns sagen höre, Frankreich sei »eine weiße und christliche Nation«, der Fremde sei jemand, der Europa »beschmutze«, ist das für mich, der zwei Staatsangehörigkeiten hat, sehr schmerzhaft …

Ich bestand darauf, auf diese Seiten meiner Geschichte als Schwarzer Mann zurückzukommen, um besser auf der Frage der Macht der Sprache zu insistieren, ich würde fast sagen der Macht der Wörter, die einzige, die fähig ist, eine Brüderlichkeit, eine Freiheit wieder zu erfinden, die unsere Zeit verloren hat, denn sie stellt die einen gegen die anderen. Die von uns verwendeten Wörter machen unsere Annäherung schwierig. Noch dazu werden wir im Grunde genommen durch die Sprache beurteilt, durch die Art, wie wir die Dinge benennen und uns den Menschen nähern. Und wir fühlen fast *natürlich* Verachtung für das, was uns nicht ähnelt. Also geht man mit Negation vor, mit Unterschätzung, und wir sichern uns ab, indem wir eine Hierarchie der Klassen, schlimmer noch der Rassen etablieren!

Ich habe mich oft gefragt, ob heutzutage das Ändern von manchen Bezeichnungen, die als erniedrigend betrachtet werden, wohl konkret dazu beiträgt, Diskriminierungen zu verringern oder einzudämmen – ob es uns also gestattet, die »Schwarze Welt« anders wahrzunehmen und uns für andere Möglichkeiten zu öffnen, uns besser zu kennen. Wenn es hierbei ausreichen würde, die Wörter zu ändern, unsere Art zu sprechen zu ändern, wären die Ungleichheiten und die Vorurteile schon seit ewigen Zeiten verschwunden, weil wir ja in einer Zeit des »politisch Korrekten« leben, das heißt, wir verbergen unsere negativen Gedanken und zeigen eine korrekte Haltung, so wie die Gesellschaft es von uns verlangt. Wir sind die Produkte – und sogar die Opfer der Sprache unserer Zeit. Deswegen sind die von uns verwendeten Wörter leere Hülsen, in denen wir alles Mögliche verstecken, im Guten wie im Bösen.

Ich nenne ein Beispiel: Noch vor einigen Jahrhunderten – und bis ins zwanzigste – überraschte das N-Wort im Mund eines Europäers kaum die anderen Weißen. Das Wort war für ihn alltäglich, weil der Schwarze nicht existierte, er war ein Möbelstück, eine Ware. Der Europäer hatte so definiert, was ein »nègre« war, und, im Gegenzug, hatte der »nègre« bestimmt, was ein Weißer war, mit dem Vokabular des Letzteren, ein Vokabular, das offensichtlich denjenigen begünstigte, der die Zivilisation den armen sogenannten »Barbaren«, »Autochthonen«, »Eingeborenen« bringen sollte. Wieder Worte, immer Worte. In Frankreich sagt man das N-Wort fast nicht mehr, man ersetzt es durch »Person of Color«, durch »Black«, usw., ohne dass sich vor Ort die Dinge verändern würden …

Daher bin ich zum Schluss gekommen, dass die Worte die Macht haben, die die Menschen ihnen einräumen, und dass die Definitionen von denen abhängen, die den anderen ihre Zivilisation auferlegen. Wenn auch das Wort »nègre«, zum Beispiel, noch manche (Weiße oder Schwarze) stört, benutze ich es meinerseits, aus Provokation und Frechheit, ohne Komplexe, ich gebe ihm eine unvorstellbare Kraft und ästhetische Macht. Würde es die Wahrnehmung des anderen betreffs meiner Hautfarbe oder meiner als »barbarisch« beurteilten Situation ändern, wenn das Wort nicht mehr benutzt würde? Außerdem ist das herabsetzendste, das verletzendste Wort, also das schädlichste vielmehr dasjenige, das nicht gesagt wird und das nur im Inneren ausgesprochen wird. Es gibt im Schweigen die schlimmsten Urteile, und der Rassist, der schweigt, ist gefährlicher als derjenige, der mich mit lauter Stimme beleidigt. Indem man mich jedoch als »nègre« bezeichnet, gibt man mir die Möglichkeit, das Wort zu benutzen, es neu zu betrachten, zu sehen, was es dahinter gibt, die Geschichte der Begegnung zwischen dem weißen Menschen und dem Schwarzen Menschen zu lesen und schließlich zu begreifen, dass es immer die anderen sind, die uns definieren, mit ihren Worten, mit ihren Vorurteilen.

Die erste Freiheit, die es zu erobern gilt, ist also die, sich selbst zu definieren, nicht den anderen die Sorge zu überlassen, dich zu beurteilen, dich zu beschreiben. Ich habe es in meinem Essay *Le sanglot de l'homme noir* hervorgehoben, in dem ich eine Art »Schwarzen Existentialismus« predige, der darin besteht, mich selbst zu definieren, selbst den Worten einen Sinn zu geben, und jedes Mal die von den ehemaligen Kolonialmächten ererbten Definitionen in Frage zu stellen, Definitionen, von groben Beleidigungen befleckt, die eine Philosophie und eine Wissenschaft inszeniert haben, die den »nègre« als Versuchskaninchen, als Forschungsobjekt betrachteten und deren Ergebnisse alle zum Bastardtum des Schwarzen Menschen führten, zu seiner Unfähigkeit, zu denken, zu schaffen, etwas Neues beizutragen, das zum Fortschritt unserer Menschheit führen würde.

Die Welt als Sprache, und die Sprache ist eine Rückeroberung der Freiheit, der Gleichheit, der Brüderlichkeit …

Übersetzt von Annette Bühler-Dietrich

GABRIELE RIEDLE

Über Landkarten

Der Diercke-Weltatlas war das Kartenwerk aus meiner Schulzeit, ein neueres besaß ich nicht, die Grundlage meines Wissens über die geographischen Gegebenheiten und die Zusammenhänge der physischen Welt, braun, grün, blau, Höhen, Tiefen, Wasser, Ackerbau, Tundra, Sümpfe, Wald, Erdgasleitungen in Form von Linien, die aussahen wie Stacheldraht. Steinkohle, Nickel, Jade, Gold, Eisen- und Stahlwerke, Buntmetallhütten, Maschinenbau, für alles gab es farbige Symbole, die Fischkonserven in Neufundland, die Textil-, die Chemie- und die Holzindustrie im Ferganabecken südöstlich von Taschkent, es hatten, so dachte ich damals, die Sowjetrepubliken Usbekistan, Kirgisien und Tadschikistan, die hier zusammentrafen, offenbar auch so einiges zu bieten, und natürlich war die UdSSR intakt, jetzt und für alle Zeiten, egal, was weitere Auflagen des Diercke-Weltatlas eines Tages einmal behaupten würden, während etwa die Rub al-Khali, das Leere Viertel, die größte Sandwüste der Welt auf der Arabischen Halbinsel zwischen Saudi-Arabien und dem Jemen, sogar so leer war, dass sie auf den Karten noch nicht einmal existierte, obwohl dort eine Familie ihre Heimat hatte, deren berühmtester Sohn Osama hieß, was nichts anderes bedeutete als Löwe, auch wenn in dieser Wüste ebenso wenige Löwen zu finden waren wie Straßen und Gesetze, Islamisten dafür umso mehr.

Ansonsten gab es in der Ausgabe von 1973 Reichtum und Vielfalt fast auf jeder Seite, Sprachen wurden gesprochen, Schafe wurden gezüchtet, es regnete wenig oder viel, und dort, wo die Menschen wohnten, war auf den Karten alles rot, und neben Indoeuropäern waren allerlei interessante Völkerschaften verzeichnet, unter anderem lediglich imaginierte Ethnien wie Hottentotten, Buschmänner, Sudan-N-Wort sowie Bantu-N-Wort, oder hieß es vielleicht sogar Sudan-N-Wörter und Bantu-N-Wörter, schließlich handelte es sich jeweils um den Plural, wobei auf den Karten natürlich ein ganz anderer, inzwischen völlig unaussprechlicher Plural stand, denn 1973 hatte sich das Ende des Kolonialismus noch nicht bis nach Braunschweig und bis zum Diercke-Atlas herumgesprochen, und auch Rassismus war damals nichts als ein Wort, aber inzwischen vermied, wer Wert auf den Erhalt seiner Reputation legte, tunlichst, die Braunschweiger Bezeichnungen von 1973 auch nur zu zitieren.

Doch auch wenn der Diercke-Atlas sich bemüht hatte, sogar Völkerschaften zu verorten, die es nie gegeben hatte außer in gewissen Phantasien, so fehlten auf den Karten Komödien, Dramen oder gar der Tod, ebenso wie die Überwältigungen, mit denen die Natur die Menschen gleichzeitig strafte und verführte, denn dafür, von alldem zu berichten, war man bei Diercke in Braunschweig nicht zuständig, zuständig waren vielmehr *wir* und natürlich auch soundso viele andere, die dieses erforschten und jenes und dann mit Geschichten und mit Berichten durchaus nicht geizten, aber jedes Mal, wenn der Chefredakteur oder sein Stellvertreter auf Erden anrief, um mich loszuschicken, zu den Überwältigungen und den Dramen in fernen Jademinen oder in abgelegenen Sümpfen, zog ich sogleich diesen Atlas von 1973 zu Rate mit seiner abgelaufenen Weltordnung und einer Sowjetunion, die noch intakt war, vielleicht war sie sogar nie so intakt wie auf diesem hübschen bunten Papier, und intakt waren auch die Ergebnisse eines Krieges mit unfassbar vielen Toten und den anschließenden Verhandlungen von Mitspielern aus verschiedensten Teilen der Welt, namentlich der Sowjetunion, der Vereinigten Staaten, Großbritanniens und Frankreichs, die, nachdem das Deutsche Reich kläglich dabei gescheitert war, die Karten nach eigenem Geschmack neu zu schreiben, dafür gesorgt hatten, dass alles so wurde, wie 1973 in meinem Atlas dargestellt. Unter anderem erschien deshalb mitten in dem sozialistischen Ozean, der sich Ostblock nannte, der Ort, an dem ich seit langer Zeit lebte und immer wieder saß und saß und saß, diese eine Insel namens *Berlin (West)* als Schaufenster des Kapitalismus, die glücklich war und hochsubventioniert, auch wenn von diesem Glück und dem investierten Geld auf den Karten nichts zu sehen war, obwohl der Diercke-Atlas an der entsprechenden Stelle problemlos Hundertmarkscheine in Form von kleinen blauen Rechtecken hätte verteilen können.

In einem anderen Atlas, der mir im Januar 1990 aus der Erbmasse der untergehenden DDR zugefallen war, gab es zwar *Berlin, Hauptstadt der DDR* – der Ort, wo ich lebte, schien jedoch einfach nicht zu existieren, und an den Stellen, an denen er hätte dargestellt werden sollen, war auf den verschiedenen Karten nur ein weißer Fleck zu sehen, der ebenso leer war wie das Leere Viertel auf der Arabischen Halbinsel, nur dass auf diesem weißen Fleck das Kürzel *WB* verzeichnet war für die *Selbständige politische Einheit Westberlin*, die identisch, aber nicht zu verwechseln war mit *Berlin (West)*. Ersteres war sozialistischer Realismus, Letzteres eine Frage der Selbstbehauptung der sogenannten Freien Welt, und unbemerkt von den sozialistischen Realisten gab es dort, wo der weiße Fleck war, auf historisch und geographisch unsicherem Terrain eine Goethestraße in einem Stadtteil namens Charlottenburg, mit Hundehaufen, Ampeln, Bäckereien, Apotheken und einem Postgebäude, von dem aus, wer wusste wann, einmal die Rohrpost unter den Häusern und unter den Füßen der Bewohner durch die Stadt gesaust war, wobei ich nicht sagen konnte, auf welchen Karten das nun wieder verzeichnet respektive verschwiegen worden war. Und obwohl der Weltgeist nun angeblich an sein Ziel gekommen und das Ende der Geschichte sowie der Sieg der Vernunft längst verkündet worden waren, änderten sich die Dinge unaufhörlich, so dass sich sämtliche Fernrohre immer wieder als Kaleidoskope entpuppten. Und die Buntmetallhütten, die Apotheken, die Fischkonserven, die Schafe, die Sprachen, die Verkehrsampeln, die Indianer, die jetzt natürlich Native Americans hießen, die Türken, die immer noch die Türken waren, die Löwen, die sich als Islamisten entpuppten, die Feuchtgebiete, die jetzt manchmal so taten, als wären sie Trockenzonen, während die Trockenzonen so taten, als wären sie Sümpfe, und am Ende auch die Überwältigungen sowie die Komödien und die Dramen fielen in diesen Kaleidoskopen ständig durcheinander wie Steinchen aus farbigem Glas, ob das den sozialistischen und allen anderen Realisten passte oder nicht. Und schon waren Menschen, Güter, Länder und Grenzen wieder neu verteilt, und es waren neue Landkarten gezeichnet, neue historische Horizonte eröffnet, neues Gold gefunden, und manche Karten warnten vor gefährlichen Gebieten, hic sunt leones!, hic sunt dragones, denn die Löwen und die Drachen waren jetzt ---

*

Ansonsten war natürlich auch Obafemi einer dieser superschicken Afropolitains, er lebte manchmal in Lagos und manchmal in London, dann aber auch wieder in Hamburg und gelegentlich in Manhattan, so wie halb Afrika aufgehört hatte, an irgendeinem Ort zu kleben, alles war ständig auf dem Sprung, zu Zehntausenden trainierten die Jungen jeden Abend an den Stränden, für Fußmärsche durch die Wüste und für Schlauchbootfahrten übers Meer, Liegestützen, Crunches, unmögliche Sprints durch den lockeren Sand, sämtliche Küsten Afrikas waren ein einziger gigantischer Gym, so dass die Fischer, die mit ihren Booten hinausfahren wollten, fluchten, die Meere leergefischt und die Ufer voller Menschen, was soll das nur?, wo soll das alles enden? Well, im ungünstigsten Fall endete es für die Einzelnen mit dem Tod in der Wüste oder im Mittelmeer, im wesentlich günstigeren aber bei irgendwelchen Verwandten, die in irgendeiner Diaspora in Übersee ihre Netzwerke aufgebaut hatten und zum Beispiel den gesamten Arbeitsmarkt, sagen wir: an einem englischen Flughafen im Griff hatten, von der Leibesvisitation bis zum Gepäcktransport, oder sie managten in den Toiletten sämtlicher Nachtclubs von Manhattan das einträgliche Business mit Haarspray und Parfüm, und wenn die Neuankömmlinge dort aus irgendeinem Grund nicht ebenfalls unterkamen, dann schlugen sie sich eben eine Weile als Busfahrer durch oder wischten Alten den Hintern ab, aber wenn sie dann endlich ordentliche Papiere hatten, dann waren sie frei, konnten gehen, wohin sie wollten, an den Rändern von Lagos, Accra oder Nairobi lauter zwar nicht schöne, aber immerhin neue Häuser aus Beton bauen und überall bescheidene oder auch schier unfassbar erfolgreiche Geschäfte machen, denn die Wege waren kurz und die Verbindungen eng zwischen Lagos und London, Dakar und Paris, Accra und Hamburg, Nairobi und Berlin, Mogadischu und Minneapolis, und dann auch die zwischen Nairobi und Accra, Lagos und Dakar etcetera pp.

Für die Hinterländer, die dazwischenlagen, interessierte sich allerdings keiner mehr, Lagos war jetzt quasi ein Vorort von London oder London ein Vorort von Lagos, je nachdem, und Accra lag näher an Hamburg und auch an Nairobi auf der anderen Seite des Kontinents als an irgendeinem Kaff hundert Kilometer ins Landesinnere. Beim Diercke-Weltatlas in Braunschweig, so dachte ich immer wieder, musste das die Leute ja vollkommen verrückt machen, denn wie sollten sie diese neuen Verhältnisse nur darstellen auf ihren zweidimensionalen Karten, aber sie konnten die Karten vielleicht zerknüllen, dachte ich, dann rückten gewisse Orte zusammen und andere verschwanden in den Knicken und den Falten des Papiers, Kartenzerknüllerin bei der Firma Diercke, ein ganz neuer Beruf, und was dabei jeweils herauskam, war natürlich blanker Zufall, na und?, wurde Zeit, dass sie in Braunschweig begriffen, dass auch die Geographie den merkwürdigsten Gesetzen unterlag und die Welt sich, wie Obafemi sagte, inzwischen drehte wie die Trommel einer kaputten Waschmaschine, die nichts als unstete Bewegungen macht.

Aus: Gabriele Riedle. In Dschungeln. In Wüsten. Im Krieg. Eine Art Abenteuerroman. Die Andere Bibliothek. Berlin 2022.

JOANNA BATOR

Vorstellungskraft. Mitgefühl. Auflehnung. Fürsorge

An einem Spätnachmittag im letzten Herbst habe ich mich an der Ostsee in einem Wald verirrt. Bei mir war meine riesige Hündin Misia, die sich nie verloren fühlt, wenn ich in ihrer Nähe bin. Der Grund für meinen Orientierungsverlust in der nahenden Dämmerung, unter dräuenden Gewitterwolken, war das Pilzesammeln, was ja, wie allseits bekannt, eine durch und durch polnische Obsession ist, die die Sinne verwirrt und den Verstand vernebelt. Die Pilze waren aber auch außergewöhnlich in ihrer unglaublichen Fülle und Schönheit! *Boletus projectellus* ist eine neue Pilzart, ein Immigrant aus Nordamerika, der vor nicht allzu langer Zeit ohne Pass in hiesige Wälder eingereist ist, denn Tiere, Pflanzen und Pilze reisen ebenso wie Menschen. Der Einwanderer bekam erst 2021 seinen polnischen Namen *złotoborowik wysmukły* und damit so etwas wie einen legalen Aufenthaltsstatus. Ich sammelte also unter einem dunkler werdenden Himmel die Schätze des Waldes und entfernte mich immer weiter von dem kaschubischen Dorf, in dem ich ein Ferienhaus zur Miete habe. Als es dann ganz dunkel war und anfing zu gießen, sah es in alle Richtungen gleich finster und trostlos aus, und das GPS in meinem Handy kam in der Tiefe des Waldes nicht zurecht – oder ich ohne Brille nicht mit dem GPS. Da fiel mir wieder ein, dass es Kompasse gab, und ich lud mir, unter einem Baum einigermaßen vor dem Regen geschützt, eine Kompass-App herunter. Die Nadel zitterte und zeigte, wenn sie auch nicht magnetisch war, so doch ganz eindeutig an, wo Norden lag, was mich so beruhigte, als wäre endlich Land – oder in diesem Fall besser gesagt: Meer – in Sicht. Wenn ich wusste, wo das Meer war, würde ich auch wieder nach Hause finden! Seitdem trage ich immer einen Kompass bei mir, für den Fall, dass ich beim nächsten Pilzesammeln wieder die Orientierung verliere. Allerdings hat das Gefühl der Verlorenheit, das ich damals empfand und das mit Abstand betrachtet eher amüsant als tatsächlich bedrohlich war, auch eine symbolische, viel ernstere Dimension. Dadurch ist mir nämlich bewusst geworden, dass ich mich in letzter Zeit häufig so fühle, als stünde ich ohne Kompass in einem dunklen, verregneten Wald, und dass die Anwesenheit meiner Hündin mir dann mein einziger Trost ist.

In den zwei Jahrzehnten nach dem Fall des Kommunismus in Polen fühlte ich mich, als stünden mir alle Richtungen offen, und während ich unseren Planeten bereiste, war mein emotionaler Kompass der eines reisedurstigen Kindes: Der Norden, das war die Ostsee, mein erstes Meer, in das ich mich erst vor kurzem wieder neu verliebt habe. Dahinter aber kam nichts. Ein Land des Eises und der Kälte, das ich nicht näher erkunden wollte, obwohl ich Schweden irgendwann doch in mein Herz geschlossen habe. Eine Richtung, die paradiesische Abenteuer verspricht, blieb der Süden für mich – warme Meere, goldenes Licht, der Duft von blühendem Thymian, der Geschmack von Loukoumades. Der Westen, der für mich in meiner Kindheit das Reich der Fülle war, ein Reich, das eine Vielzahl von Gütern beherbergte, die im kommunistischen Polen unerreichbar waren, wurde zu einer Region mit hervorragenden Bibliotheken, gastfreundlichen Universitäten und multikulturellen Städten, in denen man die ganze Welt antraf. Im Osten von Polen erstreckte sich der breite Streifen einer wenig verlockenden Gegend, die mich von meinem geliebten Japan trennte. Doch das alles ist nun Vergangenheit; das Ende dieser Zeit markiert für mich 9/11. Im Laufe der letzten Jahre, während der Flüchtlingskrise und den Kriegen in der Ukraine und zwischen Israelis und Palästinensern, hat dieser Kompass meiner persönlichen, egoistischen Wünsche und Abneigungen vollkommen seinen Dienst eingestellt. Er funktioniert nicht mehr. Wenn ich heute von der Insel, die bis vor kurzem noch mein privates Paradies gewesen ist, über das Mittelmeer blicke, sehe ich das Grab all derer, die beim Versuch, nach Europa zu gelangen, darin ertrunken sind, und die Ostwand meines eigenen Landes, besonders die Grenze mit Belarus, ist zur Hölle für Flüchtlinge geworden. Ich mag keine Flughäfen mehr, und jeder Menschenauflauf in den Hauptstädten des Westens löst Angst und Misstrauen in mir aus, die ich verabscheue, weil sie mir die Freiheit rauben. Ich träume einen wiederkehrenden Albtraum, in dem ich meine ganze Menschen- und Tierfamilie ins Auto packen muss und es einfach nicht schaffe – ich kann wichtige Dokumente nicht finden, die Katzen entwischen mir, ich weiß, dass es mir nicht gelingt. Das transgenerationelle Trauma, das mir von meinen Großeltern vererbt wurde, die den Zweiten Weltkrieg miterlebt haben, erwacht in meinen Genen. Dieses Gefühl der Verlorenheit, das mich an jenem Tag beim Pilzesammeln befiel, ist zur täglichen Erfahrung einer Suche nach Orientierung geworden – Orientierung in einer Welt, die es verlangt, sich immer wieder auf eine Richtung festzulegen, um sich schöpferische Freiheit und den bloßen Anstand zu erhalten. Diese innerliche Reise verbindet Vorstellungskraft mit Mitgefühl, Auflehnung und Fürsorge, während sie mich durch Erfahrungen und Handlungen führt, die ich in meinen hedonistischen Flaneurinnenjahren nicht gekannt habe.

Am meisten fürchte sie den Tod der Vorstellungskraft, schrieb Sylvia Plath in ihren Tagebüchern – die Vorstellungskraft ist nämlich nicht nur das Fundament jeglicher künstlerischen Schöpfung, sondern die Bedingung für Mitgefühl, Auflehnung und Fürsorge. Wir fühlen mit, weil wir in der Lage sind, uns vorzustellen, was ein leidendes menschliches oder tierisches Wesen durchlebt. Selbst wenn wir das leidende Wesen nicht oder nicht ganz verstehen, fühlen wir doch seinen Schmerz mit und lehnen uns gegen das auf, was ihn verursacht hat. Die wechselseitige Abhängigkeit zwischen Vorstellungskraft, Mitgefühl, Auflehnung und Fürsorge bewegt uns zum Handeln. Vorstellungskraft ist eine notwendige Bedingung für die Teilnahme am Leben, obwohl sie es einem natürlich auch gestattet, sich durch eine vorübergehende Flucht kurz aus dem eigenen Leben davonzustehlen. Meiner Meinung nach ist es die Hauptaufgabe von Literatur, die Verbindung zwischen Vorstellungskraft, Mitgefühl, Auflehnung und Fürsorge aufrechtzuerhalten. Und sie ergibt sich nicht nur aus dem Zeitgeist und ist lediglich heute notwendig – sondern diese Aufgabe ist das Wesen der Literatur schlechthin. Wenn Literatur in der Lage ist, den Kompass eines Menschen zu reparieren und dafür zu sorgen, dass die Nadel in Richtung Vorstellungskraft, Mitgefühl, Auflehnung und Fürsorge zeigt, dann ist Lesen eine der erhabensten menschlichen Beschäftigungen – und Schreiben nicht so sehr exklusive künstlerische Praxis wie vielmehr weltveränderndes Handeln.

Übersetzt von Lisa Palmes

AMIR GUDARZI

Eine Grenze zwischen den Grenzen

Was ist eine Grenze? Welche Aufgabe hat eine Grenze? Wie erkennt man eine Grenze?

Unten auf der Erde sieht man oft nichts, nichts von einer natürlich entstandenen Grenze. Andere Grenzen sieht man von oben. Von oben wie ein Vogel:
Behalte den Flug im Gedächtnis, der Vogel ist sterblich

Wenn man nah, näher, noch näher reinzoomt, sieht man Grenzen, die Länder trennen. Sind Länder wie das offene Fleisch des Körpers, das nicht lange dem Kontakt zur Außenwelt standhält, deswegen benötigen sie eine Haut, eine Grenze?

Manchmal ist die Haut eine Grenze, eine Grenze des Körpers. Die Haut trennt uns von der Welt, das offene Fleisch hält nicht lange stand dem Kontakt zur Außenwelt.

Manchmal erzählen Grenzen Geschichten. Die eckigen und geraden Linien der Grenzen afrikanischer Länder erzählen die Geschichte von Ausbeutung und Unterdrückung. Die Geschichte des Kolonialismus. Im Falle Afghanistans gibt es einen langen dünnen Korridor bis nach China. Wo? Warte einmal.
Zoomen, näher, noch näher, Naher Osten, Afghanistan.

Dieser Korridor, Wakhan Korridor, ist entstanden, weil
die zwei großen Reiche
das britische im heutigen Pakistan und das russische
im heutigen Tadschikistan
nicht aneinander grenzen wollten.
Sie wollten eine Grenze zwischen den Grenzen.
Wie entstehen Grenzen, menschliche Grenzen?

Die Grenzen zwischen Ich, wir, den anderen, den Fremden, den Einheimischen. Welche Grenze reicht, um »ich« zu sagen, welche um »wir« zu sagen? Sind das die Räume, die uns zu einer Gemeinschaft zwingen? Ist die Haut unsere Grenze zu den anderen, die Grenze des Ichs?

Erzählen auch diese, unsere und die anderen Hautgrenzen Geschichten? Geschichten von Verletzbarkeit? Verwundbarkeit? Unsere Grenze, die Haut, ist ein offenes Tagebuch der Verletzbarkeit.

Glühende Zigaretten drücken auf diese Grenze
Scherben, spitze Messer
Diese Grenze hält stand
Zeigt Widerstand
Oder zeigt nachträglichen Widerstand im Wachsen
Nachwachsen
Der Haut
Zeig mir deine Hände, deine Arme
Deine Beine, deinen Bauch
Deine Brust
Deine Haut
Ich lese dein Tagebuch, dein Lebensbuch
Die Folter, die Erniedrigungen
Diese Haut, die uns von der Welt trennt

Deren Farbe trennt uns auch von einer Gemeinschaft
Oder macht uns zugehörig zu einer anderen Gemeinschaft?
Wie grenzt sich das Ich von Wir ab?
Was ist Ich?
Ich, ich, ich.
Wenn ich »Ich« sage, an wen denke ich?
An welches Ich?
Wenn wir »Ich« sagen, an wen denken wir?
Ich, ich, ich
Ist das Ich mit 10 oder mit 20 oder mit 30 oder mit 40 gemeint
Oder das ideale Ich, das mit dem jetzigen Ich nichts zu tun hat?
Oder das gesellschaftliche Ich?
Oder das Ich, das unsere Eltern kennen und gerne sehen?
Oder das Ich, das unser Partner, unsere Partnerin auf uns projiziert?
Oder das Ich, das die Gesellschaft uns zuschreibt?
Oder das Ich, das unser Körper uns aufzwingt?
Ich, ich, ich
Wer definiert dieses Ich, wer darf darüber entscheiden?
Wer entscheidet über unsere Identität?
Was bedeutet überhaupt Identität?

Im Iran hatte ich einen Freund, der in England aufwuchs. Er erzählte mir, er sah sich innerlich immer als ein Engländer, ein typisches blondes, blauäugiges Kind, das in der Country Side lebt und dort aufwächst. Eines Tages mit fünf oder sechs Jahren machen sie mit der Schule einen Ausflug. Während alle vor dem Eisgeschäft eine Schlange bilden, sieht er sich, seine Abbildung, und die der anderen Kinder, in den Scheiben des Geschäftes. Zum ersten Mal wird ihm bewusst, dass er als Einziger schwarze Haare und eine dunkle Haut hat, anders aussieht, als er dachte.

Er, genauso wie ich, wenn er an das Wort Identität auf Farsi denkt, denkt an ein Wort, das ursprünglich Arabisch ist. Was kann unsere Identität überhaupt sein, wenn wir kein eigenes Wort dafür haben? Oder ist das gerade dieses Fehlen des Wortes auf Farsi, ein Hinweis auf etwas? Ist Identität nicht dehnbarer, als wir denken?

Was heißt einheimisch, und was heißt fremd?
Was trennt das Einheimische, und was markiert
das Fremde?
Gibt es eine Grenze?
Wie machen wir sie aus?
Das Fremde? Das zum Schlagwort der Hetze geworden ist
Der Hetze, die verheerende Folgen haben kann
Wenn einer in Hanau oder Halle sich etwas einbildet
Er, der Hassende, der Haltende der Waffe, kann
das Fremde nicht ausfindig machen. Sosehr er
diese Fremden hasst, kann er sie trotzdem nicht
finden. Deshalb zielt er auf diese Leiber, die
er für fremd hält, aber so einen Leib besitzt er
doch auch selbst. Aber er hält seinen weißen
Leib für etwas Besseres. Warum? Hat sein Leib
Superkräfte? Kann sein weißer
Leib vielleicht gegen den Tod Widerstand
leisten? Kann er ihn besiegen, der Leib den Tod?
Weil sein Leib einheimisch ist und die anderen fremd?
Wenn er hasst, müssen die Körper dafür bezahlen.
Wenn er Fremde hasst, dann muss er zuerst

aus Menschen Fremde machen.
Wenn er aus ihnen Fremde gemacht hat,
dann will er ihre Leiber eliminieren.
Wenn er ihre Leiber hasst,
dann schießt er auf sie mit Kugeln.
Wenn die Leiber von den Kugeln getroffen werden,
dann fallen sie zu Boden.
Wenn die Leiber auf den Boden fallen,
dann lenken sie keinen Hass mehr auf sich
Wenn ihre Leiber nicht mehr leben,
dann sind sie gute Fremde
Ein guter Fremder ist ein Toter.

Mit der Nachricht über Hanau beginnt mein
Körper
wieder zu zittern. Aber
dieses Mal bin ich weder im Iran noch
politisch aktiv. Dieser Körper will
mich schützen, ohne zu wissen, dass er mich am
meisten gefährdet. Er ist der Verräter und kein
Retter

Falls man überlebt
Dann liest man in den Tagebüchern
Tagebüchern der Haut nach
Was da geschrieben ist
Wie macht man das Fremde anhand der Körper aus?
An der Bar, in der Bar, auf der Straße, in der U-Bahn,
im Supermarkt, bei der Polizei, da,
dort, hier, oben, unten

Ein Bier bitte

Ein Bier bitte

Ein Bier bitte

Drei Menschen bestellen drei Bier
Drei Menschen, drei Freunde
Alle drei stammen aus dem, sagen wir Iran
Ohne die Lebensrealität der anderen zu kennen
Ohne überhaupt eine Vorstellung zu haben, was es heißt
Aus den jeweiligen Regionen des gleichen Landes
zu stammen
Einer aus Teheran
Er sieht aus wie Menschen, die man nennt Südländer
Einer aus Täbris
Sieht aus, wie man sagen würde, wie ein Norddeutscher
Blond und blauäugig
Der Dritte, geboren in Bandarabbas
Am Persischen Golf
Aufgewachsen in den USA
Er sieht aus wie ein Afro-Iranian
Weil er einer ist
Es gab Sklaven im Iran
Man betrachtet sie heute als Iraner*innen
So dass niemand mehr weiß
Dass einige Iraner*innen afrikanische Wurzeln haben
Unterwegs in der Stadt
Wird nur der südländisch Aussehende
Wiederholt angestarrt, wiederholt kontrolliert
Wiederholt angesprochen, wiederholt schikaniert
In der Bar
Eine Frau schaut ihn öfter an, den Südländer
Wo kommst du her?
Aus Wien
Wo kommst du wirklich her?
Aus Wien
Wo kommen deine Eltern her?

Spielt es eine Rolle?
Wo sind deine Wurzeln?
In der Luft
So gut er auch Deutsch spricht,
sehen die Menschen in ihm einen Nicht-Heimischen
Keinen Einheimischen
kann man sich mit ihm mischen?
Einem Fremden
Weil sein Körper ihn verrät

Seine Freunde
Solange sie nicht reden, gelten sie als nicht fremd
Der eine spricht wie ein Amerikaner
Er kann doch nicht fremd sein
Höchstens ein Tourist
Der Blonde ist sowieso uninteressant
Nicht exotisch genug

Sind Grenzen entscheidend über Einheimisch oder
Fremd-Sein?
Die Grenzen des Landes? Oder die Grenzen des Körpers?
Machen die Grenzen aus Ich »Wir«? Wie entsteht ein
»Wir«? Durch Räume? Körperräume?
Man kann die Tagebücher der Körper aufschlagen
in ihnen blättern
Genauso wie damals die Generäle des britischen
Oder deutschen oder französischen Reiches
Die Landkarten Afrikas oder Asiens
Aufschlugen, aufblätterten
Um sich vorstellen zu können
Was sie einnehmen, sich zu eigen machen wollen
Was sie überfallen, heimisch machen wollen

Wenn man die Grenzen ausdehnen kann
Die Grenzen der Länder
Wenn man durch Ausdehnung
Die Grenze zwischen Fremd und heimisch
Ändern, verändern kann
Warum muss man im Fall von Körpergrenzen
So oft mit Gewalt
Mit Vernichtung agieren
Kann man nicht auch das Fremdsein ausdehnen?
Aus Fremden Einheimische machen?
Afrika war the British Empire
Afrika war Frankreich
Französisch-Guyana ist es noch immer
Naher Osten war England
Namibia war Deutschland
Und niemand im »Herrenland« hatte ein Problem damit
Aber ich
Wir
Sind fremd?
Und deshalb muss man
In das Tagebuch der Haut
Schreiben, einritzen
Mit Messern, mit Wörtern, mit Kugeln
Mit Schlagstöcken, mit Baseballschlägern?
Hätte ich gekonnt
Hätte ich ein Museum aufgemacht
Für diese Tagebücher oder besser
Lebensbücher
Damit ich die Geschichten der Grenzen
Hautgrenzen
Besser erzählen
Nacherzählen kann

Die aufgeschriebene Geschichte auf der Haut
Falls die Haut noch lebt
Um zu verstehen
Was getan wird
Mit den zu Fremden gemachten Menschen
Durch Einheimische
Durch Unheilmischer
Wer sind die Fremden, wer die Einheimischen
Was ist »Ich«, was »Wir«?
Alles aufgeschrieben in den Tagebüchern der Haut
Der Verletzbarkeit

Anhang

Über die Beiträger:innen und Übersetzer:innen

JOANNA BATOR

geboren 1968, studierte in Wrocław Kulturwissenschaft und Philosophie. Seit ihrem Roman *Sandberg*, übersetzt von Esther Kinsky, gilt Bator als eine der wichtigsten Stimmen der europäischen Literatur. Zuletzt erschienen ihre Romane *Dunkel, fast Nacht* sowie *Bitternis*. Joanna Bator ist Hochschuldozentin und lebt in Japan und Polen.

ANNETTE BÜHLER-DIETRICH

geboren 1968, studierte Literaturwissenschaft in Tübingen und Virginia. Sie promovierte über Theaterentwürfe deutschsprachiger Autorinnen im 20. Jahrhundert, war DAAD-Lektorin in Ouagadougou und ist Professorin an der Universität Stuttgart. Für diesen Band übersetzte sie Alain Mabanckou und Cécile Wajsbrot.

ANSELM BÜHLING

geboren 1963, studierte Philosophie und Slawistik. Er lebt in Berlin und übersetzt aus dem Englischen und Russischen – unter anderem Joshua Yaffa, Masha Gessen, Omer Bartov und Michail Chodorkowski. Er ist auch Redakteur und Autor des Onlinemagazins *tell*. Für diesen Band übersetzte er Michail Schischkin.

NOVIOLET BULAWAYO

geboren 1981, studierte in den Vereinigten Staaten, wo sie auch lebt. Ihr Debütroman *Wir brauchen neue Namen* war Finalist des Booker Prize und wurde u. a. mit dem Los Angeles Times Book Prize for First Fiction ausgezeichnet. Als Fellow des Wissenschaftskollegs zu Berlin lebte sie ein Jahr lang in der Hauptstadt; zuletzt erschien ihr Roman *Glory*.

ARIS FIORETOS

geboren 1960, studierte Literaturwissenschaft in Stockholm, Paris und an der Yale University. Er lebt als freier Schriftsteller und Übersetzer in Stockholm und Berlin und veröffentlichte mehrere Prosa- und Essaybände. Er übersetzte u. a. Paul Auster, Friedrich Hölderlin und Vladimir Nabokov ins Schwedische. Zuletzt erschienen sein Roman *Die dünnen Götter* sowie eine Studie über Nabokov.

AMIR GUDARZI

geboren 1986, ging auf die damals einzige iranische Theaterschule und studierte szenisches Schreiben. Seit 2009 arbeitet der Dramatiker und Autor in Wien und wurde für sein Werk vielfach ausgezeichnet, u. a. mit dem Christian-Dietrich-Grabbe-Preis. Er war Hausautor am Nationaltheater Mannheim; zuletzt erschien sein Roman *Das Ende ist nah*.

ESTHER HANSEN

geboren 1969, studierte Literaturwissenschaften und arbeitet als diplomierte Übersetzerin. Sie übertrug u. a. Werke von Carmina Abate, Nino Filastò, Marcello Fois, Marco Missiroli, Susanna Tamaro und Carmine Abate und wurde mit dem Förderpreis des Deutsch-Italienischen Übersetzerpreises ausgezeichnet. Für diesen Band übersetzte sie Francesca Melandri.

ANNA KIM

geboren 1977, zog 1979 mit ihrer Familie zunächst nach Westdeutschland und später nach Wien. Sie studierte Philosophie und Theaterwissenschaft und erhielt für ihr erzählerisches und essayistisches Werk zahlreiche Stipendien und Preise, darunter den Literaturpreis der Europäischen Union. Zuletzt erschienen ihre Romane *Die große Heimkehr* sowie *Geschichte eines Kindes*.

ALAIN MABANCKOU

geboren 1966, verließ mit Hilfe eines Stipendiums 1989 seine Heimat, um in Paris sein Jurastudium fortzusetzen. Danach arbeitete er ein knappes Jahrzehnt für ein französisches Unternehmen und veröffentlichte währenddessen zwei Lyrikbände und seinen Debütroman. Er gewann mit *Stachelschweins Memoiren* den Prix Renaudot und wurde von der Académie française für sein Gesamtwerk mit dem Grand Prix de Littérature ausgezeichnet.

FRANCESCA MELANDRI

geboren 1964, gehört zu den beliebtesten italienischen Autorinnen der Gegenwart. Mit ihrem Debüt *Eva schläft* wurde sie auch einem breiten deutschsprachigen Lesepublikum bekannt; seither veröffentlichte sie u. a. *Alle, außer mir*, das zum Lieblingsbuch des unabhängigen Buchhandels gewählt wurde. Zuletzt erschien ihr Roman *Kalte Füße*.

ELISABETH MÜLLER

geboren 1955, studierte in Paris, Saarbrücken und Bilbao. Die diplomierte Übersetzerin überträgt insbesondere aus dem Spanischen, Französischen und Englischen und ist Dozentin für Fach- und Literaturübersetzungen an der Universität Göttingen. Für diesen Band übersetzte sie Fiston Mwanza Mujila.

LOTHAR MÜLLER

geboren 1954, studierte Germanistik und Geschichte, war Dozent an der FU Berlin und von 1997 bis 2001 Redakteur im Literaturblatt der *FAZ*. Heute ist er Redakteur im Feuilleton der *Süddeutschen Zeitung* mit Sitz in Berlin. Er erhielt u. a. den Alfred-Kerr-Preis und war für den Sachbuch-Preis der Leipziger Buchmesse nominiert. Er war Moderator und Kurator der »Windrosen«-Reihe des Literaturhauses Stuttgart.

FISTON MWANZA MUJILA

geboren 1981, lebt in Graz, schreibt Lyrik, Prosa und Theaterstücke und unterrichtet afrikanische Literatur an der Universität. Für seinen Debütroman *Tram 83* erhielt er zahlreiche Preise, darunter den Internationalen Literaturpreis – Haus der Kulturen der Welt sowie eine Nominierung für den Man Booker International Prize. Zuletzt erschien sein Roman *Tanz der Teufel.*

LISA PALMES

geboren 1975, studierte in Berlin und in Warschau. Neben ihrer Tätigkeit als Übersetzerin polnischer Literatur engagiert sie sich als Kulturvermittlerin und Organisatorin von Gesprächsreihen. Palmes übersetzt u. a. Bücher von Zyta Rudzka, Olga Tokarczuk und Filip Springer und wurde vielfach ausgezeichnet. Für diesen Band übersetzte sie Joanna Bator.

OLGA RADETZKAJA

geboren 1965, studierte Slawistik und Komparatistik und hat u. a. Werke von Lew Tolstoi, Julius Margolin, Vladimir Sorokin, Polina Barskova und Boris Poplavskij übersetzt. Für ihre Arbeit wurde sie vielfach ausgezeichnet, etwa mit dem Brücke Berlin Preis, den sie zusammen mit Maria Stepanova erhielt, die sie auch für diesen Band übersetzte.

GABRIELE RIEDLE

geboren 1958, lebt in Berlin. Die Romanautorin und vielfach ausgezeichnete Journalistin arbeitete für *die taz*, die *Zeit*, den *Spiegel* und GEO und berichtete vor allem aus Krisen- und Konfliktgebieten. Sie war Gastprofessorin an der University of Virginia und lehrte zur Geschichte der Kriegsberichterstattung. Zuletzt erschien *In Dschungeln. In Wüsten. Im Krieg. Eine Art Abenteuerroman.*

MICHAIL SCHISCHKIN

geboren 1961, studierte Linguistik, unterrichtete Deutsch und lebt in der Schweiz. Seine Romane *Venushaar* und *Briefsteller* wurden national und international vielfach ausgezeichnet. Er erhielt u. a. den Internationalen Literaturpreis – Haus der Kulturen der Welt und wurde mit allen wichtigen russischen Literaturpreisen ausgezeichnet.

JAN SCHÖNHERR

geboren 1979, studierte Philosophie, Soziologie, Politikwissenschaft und Germanistik in München und Poitiers. Er war wissenschaftlicher Mitarbeiter am Lehrstuhl für Philosophie und Ökonomik der LMU München und übersetzt aus dem Englischen, Französischen, Italienischen und Rumänischen. Für diesen Band übersetzte er NoViolet Bulawayo.

STEFANIE STEGMANN

geboren 1974, studierte Germanistik und Kunst und promovierte an der Universität Oldenburg. Sie war Lektorin des DAAD an der Universität Czernowitz in der Ukraine. Von 2005 bis 2013 leitete sie das Literaturbüro Freiburg und hat seit 2014 die Leitung des Stuttgarter Literaturhauses inne.

MARIA STEPANOVA

geboren 1972, lebt in Paris und ist eine der international erfolgreichsten russischen Dichterinnen der Gegenwart. Für ihr umfangreiches lyrisches und essayistisches Werk wurde sie vielfach ausgezeichnet, u. a. mit dem Leipziger Buchpreis zur Europäischen Verständigung. Zuletzt erschienen u. a. *Nach dem Gedächtnis*, *Winter ohne Kleider* und *Der Absprung*.

SENTHURAN VARATHARAJAH

geboren 1984, studierte Philosophie, evangelische Theologie und vergleichende Religions- und Kulturwissenschaft in Marburg, Berlin und London. 2016 erschien sein erster Roman *Vor der Zunahme der Zeichen*, dem *Rot (Hunger)* folgte. Varatharajah ist u. a. Mitglied der Jungen Akademie an der Berlin-Brandenburgischen Akademie der Wissenschaften und lebt in Berlin.

CÉCILE WAJSBROT

geboren 1954, lebt als Romanautorin, Essayistin und Übersetzerin aus dem Englischen und Deutschen in Paris und Berlin. Sie schreibt auch Hörspiele, die in Frankreich sowie in Deutschland gesendet werden, ist Mitglied der Deutschen Akademie für Sprache und Dichtung sowie der Akademie der Künste in Berlin. Sie wurde u. a. mit dem Eugen-Helmlé-Übersetzerpreis und dem Prix de l'Académie de Berlin ausgezeichnet.